中3の冬
青と間宮は絶対に両想いだから
もうすぐ私たちは卒業する
誰が見ても青のこと好きだって
そんなことないと思う…
そうだったら嬉しいけど…
お前はチョコくれんの？今年
俺
今年はひとつしかもらうつもりねぇから

期待してもいいのかな──…
私　間宮のこと…
ずっと好きだったんだ
ゴメン
水野とは付き合えない
…そっか
勘違いしていた
じゃあ今まで通り友達でいよう

この想いは忘れなきゃ
そう思っていたのに――…
そういえば
マリカの好きな人って同じ学校？
うん
もうすぐ彼が迎えにきてくれるの
マリカ
高校ではじめてできた友達の好きな人は
間宮だった

私をフッた時の
君の苦しそうな顔は
なんだったの？
思い出すと
今でも私　胸が苦しいよ
私　うまくこの気持ちを
忘れられるかな——…

野いちご文庫

あの日から、今もずっと好きです。

善生茉由佳

スターツ出版株式会社

CONTENTS

水野《みずの》青《あお》

明るいだけが取り柄の元気女子。 中学卒業間際、 ずっと片思いしていた間宮にフラれ、想いを断ち切ろうとしている。

伊藤《いとう》瑞希《みずき》

青と同じクラス。 ソフトボール部で落ち着いた雰囲気の美人。

森田《もりた》健一《けんいち》

クラスのムードメーカー。 いつも騒がしいけどいい奴。

CHARACTERS

間《ま》宮《みや》 京《きょう》平《へい》

中学ではバスケ部で、 大人っぽくてモテるタイプ。 意地悪だけど本当は優しい。 青には言えない事情がある…?

瀬《せ》戸《と》 マリカ

間宮の幼なじみの超美少女。 高校で青と同じクラスになり、仲良くなるけど…?

第一章

勘違い

あの時、自惚《うぬぼ》れていたわけじゃないけれど。

もしかしてそうだったらいいなって、私は微《かす》かに期待していた。


——ピーッ。

体育館内に響《ひび》くホイッスルと、コートを駆《か》け回るバッシュの擦《す》れる音。

男子達がバスケで白熱する中、得点係を任された私は、ステージの前で親友のマミに恋愛《れんあい》相談をしている。

中学三年、二月。

卒業式を間近に控《ひか》え、好きな人に告白するべきかどうか私は悩《なや》んでいた。

「青《あお》と間宮《まみや》は絶対に両想いだから」

バスケ部の仲間やクラスの友達にそんなことを言われて、意識するなって言う方が無理でしょ？

「いやいや、それはないって。まずないから」

口《くち》では否定しつつも、まわりからの太鼓判《たいこばん》って影響力《えいきょうりょく》が大きい。

クラスメイトの「両想い」という言葉に反応しつつも、表面上では「まさか」と苦笑いして手を振《ふ》った。

でも本音《ほんね》を言えば、告白する勇気を持ちたくて。

「ていうか、間宮の態度見てたら丸わかりじゃん。アイツ、青にばっかりちょっかい出してるし、誰が見てもアンタのこと好きだから」

「んー。そんなことはないと思う……」

「馬鹿。アンタは消極的すぎ。もっと自信持ちなさいよ」

それが本当だったら嬉《うれ》しいけど……。

直接本人の口から聞いたわけじゃないからわからない。

だから、背中《せなか》を押《お》してもらうために親友の言葉に甘《あま》えている。

「だってさー、いくら同じ高校志望とはいえ、今の関係がこれからどうなるかなんてわかんないじゃん？」

「うっ」

「クラス離《はな》れたら距離《きょり》できるかもしんないし」

「…………」

「向こうが心変わりして、ほかに好きな子できるかもだし」

「心変わりもなにも、付き合ってすらないのに」

「いいから！　そうなってから後悔《こうかい》しても遅《おそ》いよって話」

「……うん」

そうだよね、と納得した私は「頑張《がんば》ってみる」と決意を込《こ》めてうなずき、その返事を聞いて嬉しそうに笑ってくれるマミに笑顔《えがお》を返した。

「ありがとう、マ——」

言いかけた直後。

「おい、お前もコート入れよ、水野《みずの》」

——グイッ。

私の言葉を遮《さえぎ》るように後ろから手が伸《の》びてきて、突然腕《とつぜんうで》を引き寄せられた。

「うわっ」

重心が傾《かたむ》いて、後頭部《こうとうぶ》が誰かの胸《むね》に沈《しず》む。

広い大きな肩幅《かたはば》と、私の腕を掴《つか》む、骨っぽくてゴツゴツした長い指先。

「さっきから得点板の点数ずっと変わってねぇじゃん。しゃべりに没頭《ぼっとう》しすぎだっつの」

後ろを振り向いたら、そこには同じクラスの男友達、間宮京平《きょうへい》が立っていて。

ぐにっ。

奴《やつ》は私の右頬《ほお》の肉を軽くつまむと、人の頭《あたま》に顎《あご》をのっけてきて「俺《おれ》の勇姿を見逃《みのが》したバツとして、帰りおごりな」と自己中な命令を下してきた。

「はっ？　意味わかんないしっ」

「意味わかんなくなんかねぇし。ちゃんとやってなかったお前が悪いんだし」

「……ぐ。確かにそこは、私が悪かったけどさ」

「じゃあ、文句ねぇよな？」

「でも、それとこれとは話が別でしょっ」

「あー、なに食おっかなぁ～」

「ちょっ、人の話聞いてる⁉」

一八六センチもある長身の間宮は、黙《だま》っていれば大人っぽく見える。

けれど、口を開けば中身はかなりガキっぽい。

人の言うことにいつも茶々を入れてくるし。

今も、耳《みみ》の横でふたつに結んでいる私の髪《かみ》の毛を上に引っ張って遊んでいる。

「やめてよっ」

こっちが本気で怒《おこ》れば怒るほど、向こうは面白《おもしろ》がって「やめてよっ」なんて、人の声真似《まね》をしてくるし。

本当に腹立たしい。

……って言いつつも、本音は構ってもらえて嬉しい部分もあったり。

「青センパーイ、うちらのチームに入ってくださいよー」

間宮に羽交《はがい》い絞《じ》めされ、首に絡《から》まった腕をほどくために奴の手をバシバシ叩《たた》いていたら、コートから後輩《こうはい》の子達に名前を呼ばれ、私は頭を上げた。

「今行くねーっ」

大きな声で返事をして、手を振り返す。

試合に参加すると言った瞬間《しゅんかん》、間宮は私の背中を軽く叩いて「勝負な」とはにかんだ。

私も口元をにっと持ち上げ、負けないからって意思表示を込めて間宮の背中に軽くパンチする。

「そこ、みんなの前でイチャつかないでくださぁ～い。見ててかゆいっす～」

そんな私達ふたりの様子を見ていたバスケ部員達が、こぞって呆《あき》れた声とひやかしの指笛を鳴らす。

「イチャついてないから！」

って、私が顔を真っ赤にして否定するのと、

「相手が水野じゃ、こっちがないわー」

と鼻《はな》で笑って、間宮が私の横顔を指差したのは、ほぼ同じタイミングで。

「こっちこそ、間宮なんかお断りだし！」

「は？　お前に拒否《きょひ》る権限なくね？」

「全然意味わかんないんですけど」

「お前、学年一のイケメンと噂《うわさ》になっただけでも光栄に思えよ」

「キモッ。自分のことイケメンとか言ってる時点でイケてないから！」

「ああん？」

「なによ？」

ふたり揃《そろ》って腕組みをして、バチバチと睨《にら》み合う。

「あ〜あ。また始まったよ、あのふたり」

周囲にいたみんなは、いつもの喧嘩《けんか》に「はいはい」って感じで肩をすくめながら苦笑しだした。


今日は夏に引退した私達三年生と、一、二年の仲いい後輩達で集まって、久しぶりに放課後の体育館で思い切りバスケしている。

こうして、馬鹿なことしたり、からかわれたり、ふざけたり。

何気にいい感じだねって噂されることに若干《じゃっかん》の期待を膨らませて、告白の機会を窺《うかが》っていたりする毎日。

中学から知り合って、三年間。

私、水野青はずっと、この男――間宮京平に片想いをしている。

明るいだけが取り柄《とりえ》の元気キャラの私は、みんなとお祭り騒《さわ》ぎをするのが大好きな十五歳。いつも大人数のグループの中にいて、わいわいはしゃいでいる。

友達は男の子も女の子も同じくらいたくさんいて、基本的に誰とでも話せる。

うちのクラスや部活メンバーは、全体的に仲いいしね。

引退するまでは女子バスケ部の部長をしていて、放課後は毎日部活に燃えていた。

身長一五五センチと、バスケ部員にしてはあまり背が高い方ではなかったけれど、その分、足の速さとジャンプ力でカバー。

運動する時以外は基本的に髪を下ろしていて、長さは肩の下あたり。ちょうど鎖骨《さこつ》に届くくらいかな？

顔は特別美人ってわけじゃないけど、親戚《しんせき》のおばちゃんや友達からは「愛嬌《あいきょう》のある顔立ち」ってよく言われる。

くりっとしたふた重の目と、常にニコニコしたイメージから、犬っぽいって例えられることも。

まあ、そこはギリ普通《ふつう》だったらいいな、ってことで。

いわゆる可もなく不可もない凡人《ぼんじん》タイプ。

反対に間宮京平は、あらゆる意味でとても目立つ容姿をしている。

まず、どこにいてもすぐに見つかる一八六センチの高い身長。集会で並ぶと、ひとりだけ頭ひとつ分近く抜《ぬ》きん出ている。

ガッチリした体形のわりには細身でスタイルがいいから、パッと見、モデルみたい。

艶《つや》やかな黒髪は女の私が羨《うらや》むくらい、サラサラした髪質だし。睫《まつ》毛《げ》にかかる長い前髪は、アシンメトリー風に横に流してセットしていることが多い。

長い手足、広い肩幅。

黙っていたら、余裕《よゆう》で大学生以上に見える大人っぽい顔立ち。

意地悪く笑う時に吊《つ》り上がる、切れ長の目に高い鼻筋。シャープな顎のライン。

小さな顔の中にバランス良く整った眉目《びもく》。

これだけの美形とくれば、当然まわりの女子も放っておかないわけで。

相当モテるから、競争率の高さに焦《あせ》ったりすることもしばしば。

気さくな性格の間宮は男友達がたくさんいて、普段は男子としゃべっていることがほとんど。

女子で唯一《ゆいいつ》気軽に接してくれてるのは私だけ、らしくて。

でも、それってまわりが言うような甘い響きじゃなく。

単にからかいやすいからとか、私が異性として見られてないからだと……思う。
自分で言ってて凹《へこ》むけど。
間宮は常に余裕ぶった態度というかオーラがあって。
本心がまったく見えないぶん、うかつに浮《う》かれたらいけないような気もするんだ。

中学三年間同じクラスで。
部活も一緒《いっしょ》で。
必然的に話す機会も増えて、自然と仲良くなった男友達。
もちろん、好きになったのは外見だけじゃないよ。
バスケをしている最中に見せる真剣《しんけん》な姿や、仲間思いなところ。
人を惹《ひ》き付ける存在感。
意地悪だけど、本当は優しい奴だって知ってるから。
私にないものをたくさん持っている間宮に、純粋《じゅんすい》に憧《あこが》れているんだ。
こんなこと、恥《は》ずかしすぎて本人には伝えられないけれど……。
いつだって目が追ってる。
好きって思うだけで胸が高鳴る。
そばにいるだけで顔がにやけそうになって。

だけど、構ってもらえて嬉しい気持ちを悟《さと》られないよう、かわいくない態度で平静を装《よそお》っている。


「お前は今日こっち」

「はい？」

体育館で散々バスケをしてはしゃいだ後、メンバー達と昇降口で解散した私は、校門を出ようとしたところで間宮に引き止められた。

マミと帰ろうとしていた私のコートの袖口《そでぐち》を掴んで、問答無用で駐輪場《ちゅうりんじょう》へと引きずっていく間宮。

「ちょ、ちょっと……っ」

「ほら。いいから行くぞ」

慌《あわ》ててマミの方を見ると、マミは両手でガッツポーズをつくってにんまり笑っている。同じく帰路につこうとしていたほかのみんなも、同じようにニヤニヤしていて。

「フ〜♪　らっぶらぶぅー！」

「よっ！　熱いね、おふたりさんっ」

悪ノリした男バスメンバーのひやかしに、顔中を真っ赤にさせて俯《うつむ》くと、

「そこまで赤面すんなよ。もっと誤解されんぞ」

「……ま、間宮こそ」

隣《となり》に並ぶ間宮も同じくらい顔が赤くなっていて、ふたりの間にむずがゆい空気が流れた。

「俺のは体動かした直後で熱引いてねぇからだし」

「わ、私だって運動した後だからだもん」

「はっ、本当かどうだか。もっと素直になれよ水野ちゃん」

「素直もなにも、バッ、バッカじゃないのっ」

ドキドキした緊張《きんちょう》から、すぐさまいつもの掛《か》け合いに変わって、ぎゃーぎゃー言い合っているうちに、校舎裏にある駐輪場までたどり着いた。


「ん。乗れよ、後ろ」

「う、後ろって、まさかふたり乗り？」

「んなの、見ればわかんだろ」

「駄目《だめ》だよ。ふたり乗りは法律で禁止されてるんだから。警察《けいさつ》に見つかったらつかまっちゃうよ？」

「あー出た出た。ド真面目《まじめ》。誰もそんなん気にしねぇって。ほら早く」

「……っ」

ぽんぽんと自転車の荷台を叩き、間宮がサドルに跨《また》る。

躊躇《ちゅうちょ》したものの、間宮の指示に従って荷台へ腰《こし》を下ろした。

「し、失礼します……」

そろそろと間宮の腰に腕を回し、密着しない程度にしがみつく。

まだ気温の低い二月の放課後。いつもは屋外で活動する部がこの時期は屋内の施設《しせつ》で練習しているため、グラウンド全体が静まり返っている。

早い時間の日没で夕暮れは濃紺《のうこん》の空に浸食《しんしょく》されて、ふたりきりの空間をより際立《きわ》たせていた。

吐《は》き出す息の白さや呼吸音までもが、いつもより身近に感じられて。

動き始めた自転車の揺《ゆ》れに合わせ、鼓動も速くなる。

「さっきのペナルティ、コンビニの肉まんな」

「……それだけのために人のこと連れ去らないでよ」

「まあ、そこは渋《しぶ》るなって。帰りはちゃんと家まで送り届けてやるから」

「なんか納得いかない……」

校門を抜けて校外に出ると、すれ違いざまにバスケ部のみんなが手を振ってくれた。

私も片手で小さく手を振り返し、からかってくる男子達に間宮も「うっせ！」と苦笑している。

間宮がなにを考えているかなんて、私にはわからない。

実際、女の子扱《あつか》いすらされてないような気もするし。

単に話しやすい相手ってだけかもしれない。

バスケの話、好きなタレントや音楽の話。それらの趣味《しゅみ》が共通していて、自然と近付いていった距離。

勘違《かんちが》いしたら駄目だって言い聞かせてるのに。

時々、こうして一緒に帰ったりすると「もしかしたら」の期待を抱《いだ》きそうになってしまう。


このままの関係がずっと続くだなんて思ってない。

彼女《かのじょ》になりたいなら、自分が努力しなきゃいけないこともわかってる。

結果は怖いけれど、告白しなきゃなにも始まらないんだ。


帰り道の途中《とちゅう》、間宮と一緒にコンビニに寄った私は、リクエストされた肉まんを買って、食べながら行こうかと話をしていた。

「お。見ろよコレ」

店を出る直前、間宮は入り口のそばにある棚《たな》を指差して足を止めた。

ドアに手を掛けていた私も振り返り、間宮の隣に並ぶ。目の前には、バレンタインフェアのポップが貼《は》られた棚があって、いろんな種類のチョコレートが綺麗《きれい》に並べられている。

間宮はなぜかうっとりした顔をして、商品のひとつを手に取った。

「ヤベぇ。今年も俺の出番がやってきた」

「はぁっ?」

「紙袋《かみぶくろ》いくつ用意しとくかな。数多すぎて受け取りきれなかったらマジ困るかんな」

明らかにふざけた冗談を飛ばす間宮に心から呆れて「バッカじゃないの」と悪態をつくと、

「ふはっ、ジョークだってジョーク。真に受けんなって」

と思い切り噴《ふ》き出し、犬の頭を撫《な》でるみたいに私の前髪をわしゃわしゃ触《さわ》ってきた。

「行くぞ」

商品を元の場所に戻《もど》し、間宮がさりげなく私の手を引いて店を出る。

自販機《じはんき》の近くに自転車を止めた間宮は、そのすぐそばにしゃがみ込んだ。

「うおっ、うまそ〜っ」

カサカサと音をたてて袋から中身を取り出すと、間宮は肉まんを半分に割って私に差し出す。

「誰かさんは金欠で自分の分まで買う余裕なかったみたいだから、恵《めぐ》んでやるよ」

「いや、コレ実際私のおごりだからね」

「まあまあ。そこは半分こっつーわけで」

おどけて肩をすくめる間宮に、はいはいって適当にうなずき返す。

内心では、緩《ゆる》みそうになる表情を抑《おさ》えるのに必死のくせに。

相変わらず、天《あま》の邪《じゃ》鬼《く》な態度で素直になれない。

我《われ》ながらかわいくないなぁ、とは思うんだけど。

「いただきます」

受け取った肉まんは、ほくほくしていて温かい。

私の耳たぶも同じくらい熱くなっていて。

「おいしい……！」

「うめぇっ」

お互《たが》い運動後で空腹だったし、もぐもぐと肉まんを頬張った。

「やー、やっぱ体動かした後に食うとうまさが違うわ」

親指についた肉まんの皮を舐《な》め取り、間宮が膝《ひざ》に両手をついて立ち上がる。

「引退してからずっと勉強漬けだったし、こうやって買い食いするのも久しぶりだよね」

「何気に水野と帰るのも、な」

先に立っていた間宮がまだ座っていた私の手首を掴み、ゆっくりと立ち上がらせてくれる。

身長差が三十センチ以上あるため、向かい合って立つと間宮の影《かげ》にすっぽり覆《おお》われているような錯覚《さっかく》に陥《おちい》る。私の背は間宮の肩下にも届いていなくて、まるで小人にでもなったような気分だ。

「――さっきの」

――ガタン。

ハンドルとサドルを同時に持ち上げ、方向転換《てんかん》させる間宮。

途中で言いかけて黙り込み、言おうかどうしようか迷うそぶりをしている。

「？」

間宮がなにを伝えたいのかわからず首を傾《かし》げる。下からじっと見つめると、間宮は片手で口元を隠《かく》して短くため息をついた。

「お前はくれんの？　今年」

サドルに跨りながら、間宮がサラリとした口調で聞いてきて。

一瞬、なんのことを言われているのかわからず、頭に疑問符《ぎもんふ》が浮かんだ。

それから、数秒もしないうちに意味を理解して頬が熱くなる。

「チョ、チョコのこと？」

聞き返した声は緊張のせいか上擦って、唾《つば》もうまく呑《の》み込めない。

「ん。まあ、そんなとこ。……つーかソレだけど」

お願い。今だけこっちを向かないで。

振り向かれたら、告白する前に全部がバレてしまう。

「そ、そっか」

声が震《ふる》えそうになるのを抑えてうなずく。

真っ赤になった顔を見られないよう、間宮と背中同士をくっつけるような形で荷台に腰掛けた。

「水野はどうなのかな、と思いまして。つーか……」

間宮の話し方は、歯切れが悪いというかぎこちない。

私もかなりテンパっていて、ふたりして態度がよそよそしい。


「俺、今年はひとつしかもらうつもりねぇから」


私の家に向かって住宅街を走りだす自転車。

車輪の回る音が。

冷えた夜風が肌《はだ》に触《ふ》れることが。

街灯に照らされて進む帰りの通学路が。

全部が全部いつもと同じはずなのに、まるで違う景色のように映った。

特別なことではないと。

意識しては駄目だと。

ストッパーをかけたつもりなのに、馬鹿みたいに心臓《しんぞう》がうるさい。

「間宮の好きな人って誰？」

荷台をぎゅっと掴み、夜空をあおぐ。

澄んだ空気を肺《はい》いっぱいに吸い込み、深く吐き出す。

たった数秒の沈黙《ちんもく》すら、じれったくて。

「そこは自分で考えて」

だって、これは完全に勘違いするなっていう方が無理。

前から微かに感じていた〝もしかしたら〟。

女の子とあまり話さない、どちらかといえば男子以外には無口な間宮が私にだけ話しかけてくれる理由。

意地悪だけど、優しくて。

優しいけど、なにを考えてるのかわからない。

でも。

ねえ、間宮?
これって少しは期待していいのかな?
私に『お前はくれんの? 今年』って言った後に、
『今年はひとつしかもらうつもりねぇから』
なんて聞かされたら、誰だって自惚れたくなる。
ますます好きだって思っちゃうよ。
風に流された前髪が横に流れ、片手で押さえる。
不規則に刻む胸の鼓動。ほど良い緊張感に居心地の良さを感じながら。
会話が続かなくなった私は、間宮の広い背中にもたれかかり、家に着くまでの間、
そっと目を閉じていた。

——今思えば、最初から両想いの可能性なんてなかったのに。
——あの時の私はなぜ、一瞬でも舞《ま》い上がってしまったのか。
——バレンタイン当日、私は自分の浅はかさを後悔する。

＊　＊　＊

「ごめん」

文字にすれば、たった三文字。

私の思考を止まらせるには十分な単語。

「水野とは付き合えない――」

二月十四日。

帰りのホームルームが終わった後、私は間宮に教室に残ってほしいとお願いした。

間宮は教卓《きょうたく》の真ん前の席に座り、私はその隣に座って話をしていた。

教室からクラスメイトが去るのを待って、廊下《ろうか》から人気がなくなるまでの間、無駄話をして、彼《かれ》の帰りを引き留めていた。

友達に協力してもらって挑戦《ちょうせん》した手作りチョコレート。

かわいい袋に詰《つ》めて、綺麗にラッピングして。

間宮が喜んでくれることだけを祈《いの》って。

その場面を何度も頭の中でシュミレーション。

だけど、いざ本番となって急に不安が押し寄せた。

鞄《かばん》からチョコを出して間宮に渡そうとした時から、うっすらと嫌《いや》な予感はしていたんだ。さっきまで笑っていた間宮から、急に表情がなくなって、無言になってしまったから。

それでも、このタイミングを逃したら、卒業式までに伝えられなくなるかもしれない。そのことを恐《おそ》れた私は、つい先走ってしまって。

微妙《びみょう》な空気に気付かないフリをして、告白してしまった。

『私、中一の時から間宮のこと……ずっと好きだったんだ』

と、三年分の想いを込めて。

口にした後は、体中からどっと力が抜けて。

返事を聞くのが怖くて、俯き、目をぎゅっとつぶる。

そして、「ごめん」の言葉。

頭上から降ってきた答えは、私の胸を十分に締め付けるひと言だった。

ゆっくりと頭を上げて、ぼんやり間宮を見つめる。

「本当にごめん」

困らせたかったわけじゃないのに、間宮はつらそうな顔をしていて。

そうさせているのは自分なんだって思ったら、頭の中が急激に真っ白になる。

項垂《うなだ》れる彼に、私はなにを言えばいいのか。

痛みだす胸はドクドクと脈打ち、恥ずかしさで顔中が熱くなった。

口は半開きのまま、言葉が出てこない。視界が滲《にじ》んで、小刻みに肩が震える。

断られた瞬間、即座《そくざ》に理解したのは【勘違いしていた】という事実のみ。

まわりにひやかされて、間宮に構ってもらえて、密《ひそ》かに両想いなんじゃないかと夢を見すぎていた。

いくら友達が太鼓判を押してくれていたって、本人から言われたわけじゃないのに。

私が過剰《かじょう》に受け取りすぎて、勝手に妄想《もうそう》を膨らませていただけ。

なんて呆れた話だろう。

「……あ」

喉《のど》の奥《おく》が詰まって、声がかすれる。

涙《なみだ》がこぼれ落ちそうになって、懸命《けんめい》に下唇《したくちびる》を噛《か》んでこらえる。

泣いたら駄目。ここで泣いたら絶対に駄目だ。

間宮に罪悪感を抱《いだ》かせたくない。

嫌《きら》われたくない。

気まずくなりたくない。

失恋が原因で、今までどおり話せなくなる方が嫌。

それぐらいなら——。

「今の、なかったことにして」

にっと口元を持ち上げ、私は笑顔のまま、顔の前で両手を合わせた。

「うん。なんか、やっぱりありえないよね。うちらの間に恋愛感情とかさ」

わざとふざけるような口調で、相手に気を使わせないよう一方的に明るくしゃべる。

「本当、困らせてごめんね、間宮。これ全然スルーしてくれちゃっていいから」

笑え笑え笑え。今だけは本気で笑え。

崩《くず》れるな、表情。

「だから、今までどおり普通に友達でいよう」

間宮の肩を叩き、にっこりすると、

「…………」

なぜか、間宮は苦悶《くもん》の表情を浮かべていて。

唇を引き締め、首の後ろに手を添《そ》えると、

「――ん。ダチな」

どこか寂《さび》しそうに、間宮も片方の眉《まゆ》を下げて苦笑してくれた。その表情に、なにかが胸に引っかかったけれど、泣きそうになるのをこらえるのに必死で、すぐに頭の中から疑問が消えた。

「……うん。ありがとう、間宮」

顔に張り付けた笑顔がピエロみたい。
失恋のショックから逃《に》げてしまった自分が情けない。
なによりも、フラれた事実が一番きつかった。

この時点で間宮と『友達』でいることを選んだのは自分だった。
応援《おうえん》してくれていたみんなに、なんて報告したらいいのかわからなくて。
まわりの空気を考えると、私は告白したことを誰にも話せずにいた。
間宮は次の日からも普通に接してくれた。
けれど、今までとは態度がさりげなく違う。私はそのことに気付いていた。
冗談でも私に触れようとしない。
笑ってくれるけど、前みたいにからかってはこない。
些細《ささい》な変化は確実に後悔を募《つの》らせる。
取り消せるものなら、好きと伝える前の関係に戻りたいと願ってしまう。
友達の前では明るく振る舞っていても、ひとりきりになると落ち込んだ。
結局私の思い込みが過ぎただけ。
『お前はくれんの？　今年』
バレンタインチョコの話をした時、間宮の頬が微かに赤く染まって見えたこと。

友達として仲良く過ごしてきた三年間。
教室の中も部活中も、気付いたらいつも隣にいて笑いながら話していた、好きな人。

こうして、間宮との間に微妙な距離を広げたまま、私達は中学の卒業式を迎《むか》えた。
四月からは、新たな高校生活がスタートする。
この後知ることになる、切なくて苦しい感情のことを。
私はまだ、まったくわかっていなかった……。

入学式

泣いていたって仕方がない。

後悔するのは春休み中だけにした。

失恋はつらいけど、いつまでもうじうじしていたくない。

片想い歴が長かったぶん引きずる部分もあるけれど、そこで落ち込み続けたからって、なにかが変わるわけじゃないんだ。

どうせなら少しでも前向きに、自分で自分を持ち上げていくしかないから。

だから。

頑張れ、私。

「よし」

洗面台で洗顔していた私は、顔についた水滴《すいてき》をタオルで拭《ぬぐ》い、鏡の中の自分にエールを送った。

間宮に告白してから一か月半が過ぎて、最近では気持ちの整理もだいぶついた。

友達にはまだ話してないけれど、時期を見て落ち着いてから報告したい。

パジャマ姿の私は、制服に着替《きが》えるために二階にある自分の部屋に戻り、クローゼットを開けた。

ハンガーに掛けてあるのは、今日から通う高校の新しい制服。

濃紺のブレザーに真っ赤なリボン。グレーっぽい黒地のスカートに紺色のソックス。

地元でもデザインのかわいさに定評がある南高の制服は、中学の頃から密かに憧れていたので、袖を通すだけでわくわくしてくる。

鏡台の前で、着こなしがおかしくないか全身チェック。

スカート丈《たけ》を微妙に短く調節したり。丸椅子《いす》に腰掛けて、肩まで伸びた髪をヘアアイロンで真っ直ぐにしたり。バレない程度に薄化粧《うすげしょう》をして、身だしなみを整える。

鞄にはマナーモードにしたスマホも入れた。

入学祝いに親から買ってもらったもので、イヤホンジャックには、好きなバンドのマスコットキャラクターを差している。

「変じゃないかな？」

おかしなところがないか身だしなみの最終確認をしてから、私は部屋を出た。

四月六日、今日は高校の入学式。

新しい制服。

初めての電車通学。

クラス編成の発表や、知らない子達と出会うドキドキで朝から胸がいっぱい。

「憧れてはいたけど、実際に毎日通うとなると面倒《めんどう》くさいよね。電車通学って」

今は親友のマミとふたり、地元の駅で待ち合わせて学校に向かっている最中。

マミは手鏡を開いて、前髪を撫でつけながらぼやいている。

ふたり並んで吊り革につかまり、ぼそぼそと小声で会話している私達。

いろいろな制服姿の生徒でごった返す車内を見回し、私も苦笑した。

確かにこれが毎日続くんじゃ憂鬱《ゆううつ》だ。

「あーあー、他校のイケメンとか同じ学校の先輩とかと同じ路線で、漫画《まんが》みたいな出会いしてみたいわー」

「ねー……って、そういう人は大抵《たいてい》彼女持ちだけどね。どんまい、マミ」

夢見がちな発言にふたりで「ないない」って手を振り、顔を見合わせて噴き出す。

「あ、次だよ。降りる、の」

車内アナウンスが次に停車する駅名を告げ、私はマミにそのことを教えようとしたら。

──キキィ……ッ!!

ブレーキの影響で足元が激しく揺れ、ガクンと前につんのめり、吊り革から手が離れる。体勢《たいせい》を戻そうとしてもう一度吊り革につかまろうとするものの、再び揺れて体が右に傾く。

ぶつかる──!

目を固く閉じ、衝撃《しょうげき》に身を構える。

でも、数秒待っても、どこも全然痛くない。

両腕を誰かに掴まれ、支えられているような感覚がして。

おそるおそる頭を上げ、目を丸くさせた。

「大丈夫《だいじょうぶ》かー?」

なぜなら、同じ制服を着た、知らない男の人に抱《だ》きとめられていたから。

厳密《げんみつ》に言えば相手の胸元に顔をうずめ、かなり密着した状態。

「ごっ、ごめんなさい」

その男の人から慌てて離れ、ぺこぺこと頭を下げる。

恥ずかしさから顔中が赤くなり、目がぐるぐる回り、額《ひたい》には汗《あせ》が噴き出す始末。

「そこまで必死に頭下げなくていいって。こんなん、よくあることだしさ」

愛嬌のある明るい笑顔と、にっと笑った時に浮かんだえくぼ。

初めて会った人だけど、すごく感じが良くて爽《さわ》やかな印象を受けた。

もう一度「ありがとうございます」とお礼を言って微笑《ほほえ》む。

「いいえ。怪我《けが》しなくってよかったな」

間宮ほどではないけど、わりと高めの身長で筋肉質。

なにかスポーツでもしているのか、体全体がきゅっと引き締まっている。

シュッとした顎のライン。細い眉に意志の強そうな大きな目。鼻筋も通っていて、すっきりした顔立ち。

こざっぱりした短い髪は陽光にすけて、茶色く染まって見える。

たぶん、クラスにいたら、絶対に人気グループの中にいそうな人。

まじまじと相手の容姿を観察していたら、いつの間にか目的地に到着《とうちゃく》していて、

「もう着くよ」

マミに制服のブレザーの裾《すそ》を引っ張られた。

隣にいた彼は扉《とびら》が開くと同時に電車を降り、そのまま人混みに紛《まぎ》れて姿が見えなくなってしまう。ホームの階段を下りていく途中までは後ろ姿を確認出来たけれど、歩く速度が速くて、すぐに見失ってしまった。

「ねえ、今の人、地味にカッコ良くなかった？」

大のイケメン好きなマミは、興奮気味に私の顔を覗《のぞ》き込んでくる。

「……確かに」

「ないわーとか否定した直後にアレだけど、さっそくイケメンに遭遇《そうぐう》しちゃったね」

「マミ、目が輝《かがや》きすぎ」

「んふふ。どうするー、青？　これが運命の出会いだったら」

「運命もなにも、ただぶつかっただけだから。大袈裟《おおげさ》」

「あっ、でも、青には間宮がいるか！　ごめんごめん」

「………」

間宮の名前に口元が引きつり、笑顔のまま無言になる。

中学卒業前に告白してフラれたこと、まだ打ち明けてないんだった……。

間宮との恋《こい》を、近くで一番応援してくれていたマミ。

いつ話そうかタイミングを探《さぐ》っているうちに、ずるずる時間が過ぎてしまって。

……機会を見つけて、気持ちが落ち着いたら報告しよう。

そういえば、さっきの人。ブレザーの胸元に付いていたバッジの色が、同じ学年を示すブルーだったような？

もしかしたら、入学式でまた会えるかもしれない。

ふと、そう思った。

駅から高校までは徒歩十分。

途中の坂道では、桜が咲き乱れ、満開だった。

桜の花弁が宙を舞い、制服の肩口や髪の毛に付着する。足元を見れば、地面いっぱいに広がっていて、降り注ぐ朝の日差しに照らされ、とても鮮《あざ》やかな光景だった。

学校が近付くにつれて気分も高まり、これから始まる新生活に期待が膨らむ。

これから、ついに新生活が始まるんだ。

期待と不安を胸に、入学式の看板が置かれた校門をくぐり、昇降口の前に立つ。

「うわぁ……すごい人の数だね、マミ」

「あっちにクラス分けの一覧表がある」

新入生の群れで人が溢《あふ》れかえり、わいわい賑《にぎ》わっている。

掲示板《けいじばん》に貼られたクラス分けの紙を見ながら、自分の名前を探した。

「アタシF組だ。青は？」

「うーんと、ちょっと待ってね……」

掲示板の前に立って六クラスある中から、自分の名前を探す。

同時に、無意識のうちにもうひとりの名前も……。

中学の頃から抜けきらない癖《くせ》に我ながら苦笑する。

同じ高校に合格したと聞いた時から、密かに気にしていたクラス分け。

フラれてるけど、間宮とまた同じクラスになれたらいいな。

……なんて、こっそり願う私は未練がましいのかもしれない。

自分の名前がB組にあるのを確認した私は、それからがっくりと肩を落とす。

何度確かめても、同じクラスに間宮がいない。

何組かだけ調べようと端《はし》から順に目で追うと、隣のクラスに名前を見つけた。

これは何気にショックが大きい。

クラスが違えば、必然的に前より話す機会が減ってしまう。

ただでさえ微妙な関係になっているのに……。

ますます距離ができてしまうような気がして、悲しくなる。

もしも、他校から来た女子が間宮と仲良くなったら、間宮もその子のことを好きになってしまったらと想像するだけで落ち込んだ。

「アタシ、塾《じゅく》で知り合った他校の友達と合流するから先に行くわ。その子と同じクラスになったから、挨拶《あいさつ》してくる」

「そっか。了解《りょうかい》」

「帰りはメッセで連絡《れんらく》する」

「ん。あとでね」

下駄箱《げたばこ》で上靴《うわぐつ》に履《は》き替えると、ひらひらと手を振って、マミとはその場で別れた。

「さてと。一年B組はどこにあるのかな？」

校舎の案内図が書かれたプリントを片手に、自分の教室へ向かう。

ひとりになったとたん、急に心細くなってきて鞄を持つ手に力が入った。

階段を上って一学年の階に着くと、廊下には見慣れない顔の大勢の同級生達が、それぞれのグループに散って、会話に花を咲かせている。

ここだ……。

『1－B』の教室を見つけ、教室の前でピタリと足を止める。

緊張しながら教室に入り、すぐさま黒板前に貼られた座席表を確認しにいった。

出席番号順に割り振られているため、私の席は窓際の後ろから二列目。

誰か話せそうな人いないかな？

クラス分けの一覧表を見た限りでは、同中で親しかった人はいなかった。

見事にクラスが別れてバラバラなので、少し心細い。

この列に座っているのは、話したことのない男子がふたりと、すでにほかの子達と一緒にいる女の子がひとり。同中とはいえどちらも気軽に話しかけにいけるような間柄《あいだがら》じゃない。なので、大人しく席に座ってしばらく様子を窺うことにした。

机の下でスマホをいじっている人。

ひとりの生徒の席に何人かで集まって会話している人。

黒板前で馬鹿騒ぎしている男子。

トイレに行くらしく、メイクポーチを持って廊下に出ていくギャル系女子。

知らない顔ばかりで、ドキドキする。

その半面、今日から一年間このメンバーで過ごしていくんだと思うと、なんだか新鮮な気分。

さて、どうしようかな。

友達づくりのコツは、気になった子には自分から話しかけにいくこと。

これは部活や学校生活など今までの経験から学んできたこと。

待っていたってなにも始まらないし、せっかくならひとりでも多くの人と仲良くなりたい。

そんなことを考えていると。

「うーっす！」

後ろの入り口からひと際大きな声が聞こえてきて、自然と目がそっちにいった。

「あっ」

教室に入ってきた男子生徒を見て、思わず声を上げる。

茶色い短髪の男子。

ついさっき、電車の中で会った人だ。

すぐに口を塞《ふさ》いだけれど、彼がこっちを向いて、ばっちり視線が重なった。

「さっきの子じゃんっ」

向こうも私に気付いたみたいで、小走りに窓際まで寄ってくる。

「てか、なに。オレら同じクラスだったわけ？　すげぇ奇遇《きぐう》じゃね」

机の前に回り、私に右手を差し出してきたのは、やっぱりさっきの人だ。

ニコニコと人懐《ひとなつ》っこい笑顔で握手《あくしゅ》を求められ、雰囲気《ふんいき》に押されたまま彼の手を握《にぎ》り返すと。

「うおー、マジか！　ウケるな」

ぶんぶんと力強く手を上下に振られて、目を丸くした。

「オレ、北中の森田健一《もりたけんいち》。みんなからはケンちゃんとかモリケンとかモリモリとか好きに呼ばれてっから、適当に呼んでやって！　これから一年間、よろしくな。んで、そっちはどこ中の誰々？」

「に、西中の水野青」

「オッケ。『青』ね。覚えた」

口を挟《はさ》む隙《すき》もないほどの、マシンガントーク。矢継ぎ早の質問に圧倒《あっとう》されて、縮こまりながら小声で答える。

なんていうか、この人、すごく声が大きくて目立つ。

クラスメイトの視線もちらちらと私達ふたりに集まっていて、微妙に頬が引きつる。

は、恥ずかしい。変に注目を浴びちゃってるし。

こういうノリ、普段なら好きなんだけど、初対面だとどう対応したらいいのか困る。

「おいおい。入学早々、教室の中で口説くのはどうかと思うぞモリケン」

「そうだよー、ケンちゃん。第一印象が軟派《なんぱ》だと引かれちゃうよー」

「ソッコー失恋決定！　ぎゃははははっ」

しどろもどろしていると、黒板前にたまって話していた男女三人組が、一斉《いっせい》に突《つ》っ込みを入れ始めた。

そのうちのひとり、生《き》真面目そうな眼鏡《めがね》男子が近くへやってきて、森田健一の襟《えり》ぐりを掴み、自分達のグループへ引っ張っていった。

「モリケンが驚《おどろ》かせちゃってごめんね。下心っていうより、懐っこいだけだから。警《けい》戒《かい》しないであげて」

丁寧な口調で謝《あやま》られ、私も手を振りながら、「全然大丈夫だよー」と笑顔で返事する。

ショートカットの大人っぽい女の子と、肩まで伸びた髪をちょんまげ風に結んでいる、大柄で軽快そうな男の子。ふたりも私に「ごめんね」と目配せして、森田健一が自分達の輪に入るなり、冗談交じりの説教やチョップを食らわせだした。

ハイテンションな四人に思わず笑みがこぼれ、小さく噴き出す。

なんだか面白そう。同じクラスに話しやすそうな人達がいてよかった。

「あの……」

――カタン。

彼らに話しかけにいこうか迷い、椅子を後ろに引いて立ち上がりかけた時。

「ねえ、そのイヤホンジャックって、もしかして『リトル・ラビット』の？」

右隣から、誰かに声をかけられた。

ブレザーのポケットからはみ出ている自分のスマホに視線を落とす。

リトル・ラビットは私の好きなバンドの名前。このイヤホンジャックは、CDを購《こう》入《にゅう》した際、初回特典でもらえるオリジナルグッズで、リトラビのマスコットキャラクター・黒うさぎのラビィくんをグッズ化したものだ。

「うん、そうだよー……」

言いかけて言葉をなくす。

というより、その女の子があまりにも美少女すぎて見とれてしまった。

教室に入ってきたばかりらしく、スクールバッグを肩に掛けたまま隣に立っている。

彼女をひと言で説明するならば、とても華《はな》やかな容姿で、思わず目が引かれた。すきとおるように白い肌。強く握ったら折れてしまいそうなほど、細くて長い手足。華奢《きゃしゃ》な体形で、顔のサイズが驚くくらい小さい。

なにより目を奪《うば》われたのは、そこらのアイドル以上にかわいい顔立ち。ぱっちりした大きな目。上向きにクリンとカールされた長い睫毛。品良く整えられた形の良い眉。すっとした鼻筋。淡《あわ》いピンクのグロスを塗《ぬ》った唇。

背中の真ん中まで伸びた綺麗な黒髪には、全体的に緩やかなウェーブがかっている。まるで物語の中に出てくるお姫様《ひめさま》のよう。

彼女からはココナッツの甘い香《かお》りがして、同性なのに思わずときめいてしまった。

「やっぱり。バンドのマスコットキャラに似てるなって思ったんだ。名前は確か『ラビィ』だったよね」

ピンクのギターを背負った黒うさぎのラビィを指差し、美少女がふんわり笑う。

顔だけじゃなくて声までかわいいなんて、羨ましい。

「そうそう。リトラビって結構マイナーだから知ってる人少なくて。キャラ名言えた人、初めてだよ。詳《くわ》しいね」

もともとは、間宮が中学の時に『これハマるから聴いてみ』って、アルバムを貸してくれたのがきっかけで好きになったロックバンド。

曲調が私の好みにドンピシャで。以来、新曲が出るたびにふたりで盛り上がっていた。

その時のことを思い出してしまうから、ストラップも最初は外そうか迷ったんだけれど、キャラクター自体は気に入っていたから、付けたままにしていたんだ。

「うん。好きな人がリトラビのファンで、部屋に行くといつも曲流してるから。自然と覚えちゃった」

「彼氏いるんだ？」

「ううん。まだ付き合ってはいないんだけど、幼なじみで家が近いから」

わ。かわいい。

頬がほんのり赤く染まって、照れてる。

その姿にますます胸が高鳴って、心臓がきゅっとわし掴みにされる。

「マリカ、このクラスに知り合いがいなかったから、話せる人がいるかすごく緊張してて。よかったら、仲良くしてもらえると嬉しいな」

「そんなのこちらこそだよー。えっと、水野青です。今日からよろしくお願いします」

「瀬戸《せと》マリカです。よろしくね」

お互いを下の名前で呼び合うことに決めて、私とマリカは顔を合わせて微笑み合った。

それから、式が始まるまでの間、私達は、スマホの番号を交換したり、私のプリクラ帳を見せて友達のことを語ったり、マリカの好きな人について聞いたりしていた。

恋バナが盛り上がると、女の子同士の距離はぐっと近付く。

親しみやすさも一気にアップするしね。

知り合ったばかりだからこそ、それぞれの情報を交換し合って、相手に心を開かせていった。

「このクラスに青がいてよかった。友達ができるか、ずっと心配してたから」

「私もだよ。初めての顔ぶれって緊張するよね」

うん。この子とは、これから仲良くやっていけそう。

緊張が解けて、ほっと胸を撫で下ろす。

けど、安心したのも束の間。

今度は、反対に憂鬱な気分になってしまった。

原因はひとつしかない。

——間宮だ。

『ねぇねぇ、あの人カッコ良くない？』

『背高いよね。何センチあんだろ』

『てか、どこ中の人？』

式場の体育館に向かうため、クラスごとに廊下に整列した時から嫌な予感はしていた。まわりの女子がひそひそと噂話を始め、ある男子に注目していたから。

A組の後部に並ぶ、ほかの生徒より頭ひとつ分近く抜き出た存在。

高身長で、どこにいたって目立つアイツ。

後ろ姿しか確認出来なくても、三年間ずっと想い続けてきた相手だ。シルエットだけで、すぐに間宮だってわかった。

同時に、いつもと違う制服姿にドキッとした自分に嫌気《いやけ》が差す。

だからもう、カッコいいとか意識して見ちゃ駄目なんだってば……。

体育館に移動する途中、渡り廊下を歩きながら、ふと、中庭の方を見ると満開の桜に視線が奪われた。

青天の空に爽やかな風が吹き、木々が擦れ合う。葉の鳴る音が耳に心地良く響き、花弁がひらりと舞い落ちる。そんな綺麗な光景に吐息《といき》が漏れた。

混雑する人混みの中で、私はまた無意識に彼の姿を目で探している。

間宮も同じように外を見つめていて、遠目から見る久しぶりの横顔に胸がきゅっと縮む。

後ろ髪の襟足が少しだけ伸びたみたい。

第二ボタンまで開けたシャツと、緩く締めているネクタイ。ズボンは相変わらず腰ばきで、ほかの人からすれば一見だらしなく映る格好。でも、スタイルのいい間宮には、なぜか着崩した制服姿の方が似合ってしまう。

黙っていれば、クールな雰囲気も普段より大人っぽく感じて。

なんだか、まったく知らない他人のよう。

クラスが離れたせいか、距離が大きく開いた気がして、しょんぼりする。

遠いなぁ……。

今までなら、移動する時は出席番号の近い間宮と肩を並べて、ふざけて会話しながら歩いていた。

間宮が馬鹿なことを言って。

私が突っ込みを入れて。

ふたりで先生に注意されて。

ついこの間の出来事なのにすでに懐かしく感じて。

その分、余計寂しさが募る。

会場に移動してからは、間宮を盗《ぬす》み見るために、後方をチラチラと振り返る女子が続出。同じく、男子達の視線は美少女のマリカへ注がれている。

美形ふたりに色めきたつ周囲とは裏腹に、本人達は注目の的になっていることに気付いていないらしく平然としている。

マリカは、ステージ上で挨拶する校長の話を背筋を伸ばして聞いていて。

間宮はというと、後方から声をかけてきたクラスメイトと話している姿が見えた。


「そういえば、さっき話してたマリカの好きな人って、同じ学校の人？」

担任の自己紹介《しょうかい》や短いホームルームが終わった後、帰り支度《じたく》をしていた私は、さりげなく気になっていたことを質問してみた。

教室には、まだ半分以上生徒が残っている。入学式の興奮が冷めやらぬまま、各グループに散って話をしているみたい。

マリカは配布されたプリントをファイルに挟み、鞄にしまいながらこくりとうなずいた。

「一緒に帰ろうねって約束してて、もうすぐ迎えにきてくれるの」

ウェーブされた髪の毛先を指で触り、照れくさそうにはにかむマリカ。

その姿が本当にかわいくて、その人のことを本気で慕っているのが伝わってきて、私まで口元が綻《ほころ》ぶ。

「好きな人と同じ学校に通えて、マリカ、今すごく幸せなんだ」

尽きることのない恋バナに、溢れる笑顔。

私が男だったら、絶対にマリカと付き合いたいし。

聞いている限り、ふたりはかなりいい線まで進んでると思う。

高校生になっても登下校の約束をして一緒に帰るなんて、相当仲がいい幼なじみなんだろうな。

マリカの純粋さに惹かれ、彼女の恋を素直に応援してあげたいと思った、その時。

「マリカ」

教室の入り口から響いてきた声に、ピタリと体中の動きが止まった。

ゆっくりと顔を持ち上げ、黒板から声のした方へと目線をずらす。

引き戸に手を掛け、室内に顔を覗かせる長身の男子。

バンドの『リトル・ラビット』が好きで。

家が近所の幼なじみで。

同じ学校に通っている、マリカの好きな人。

ドクン、と心臓が鈍《にぶ》い音を立てて、思考が停止する。

なぜなら、その人はまぎれもなく私のよく知る人物で。

「京ちゃん……っ！」

席を立ち上がり、自分の居場所を伝えるためにその場で大きく手を振るマリカ。

探している人物がどこにいるのかわかった彼は、窓際の後部座席へ視線を移す。

そして、教室の中に足を一歩踏《ふ》み入れかけて立ち止まる。

マリカの隣に立つ私の存在に気付き、気まずそうに目を伏《ふ》せたその人は――。

「間宮……」

呟いた声はかすれて、喉の奥が締め付けられたかのように息苦しくなった。

視線と視線がぶつかって、信じたくない状況《じょうきょう》を嫌でも理解せざるをえなくなる。

小刻みに肩が震え、自分でもはっきりとわかるくらい私は動揺《どうよう》していた。

その証拠に、表情が凍《こお》りついて言葉が出ない。

「ばいばい、青」

マリカは満面の笑みを浮かべて間宮の元へ歩きだす。

鞄を肩に掛け、小さく手を振る彼女に私も平静を装って精いっぱいの笑顔で挨拶を返す。

間宮は気まずそうに顔を伏せていて、私にひと言も声をかけてくれなかった。

『今までなら』誰よりも先に話しかけてくれてたのに。

どうしてだろう。

最初に目を逸《そ》らしたのは私の方で、中学時代の私達が幻のように遠く感じた。

もう間宮のことで落ち込まないって決めたはずなのに、泣きそうになっている自分がいる。

学年中の注目を浴びた美男美女のツーショット。

当然、周囲はどよめき、好奇に満ちた眼差《まなざ》しを送っている。

頭の中は整理がつかないほど混乱していて。

ただただ呆然《ぼうぜん》と、いなくなったふたりの背中を追うように、私は廊下の先を見つめていた。

「ねぇ。ちょっとアレ、どういうことっ⁉」

入学式の後、間宮達が帰ったのと入れ替わりに、マミが教室の中へ飛び込んできた。

目を吊り上げて憤慨《ふんがい》した様子のマミは、まだ席に座っていた私の元まで大股《おおまた》で詰め寄ると、バンッ！と机の上を叩き、窓の外を指差した。

「アレって……」

「いいから外！」

怒《いか》り心頭のマミは、綺麗に巻いた髪を激しく掻《か》きむしる。

普段滅多に怒らない親友の勢いに圧倒されて、言葉をなくす。

階下を覗くと、そこには昇降口から出てきたばかりのひと組の男女——、間宮とマリカのふたりがいて。

「人に散々期待持たせるようなことしといて、なにアレ。なんでほかの女と一緒にいるわけ？　っていうか、マジでありえないんだけど」

認めたくない光景を目《ま》の当たりにして、頭の中がどんどん醒《さ》めていく。

ああ、やっぱり夢じゃなかったんだ。

「あー……、うん。でもさ、仕方ないよ。こればっかりはさすがに……ねぇ？」

「でもっ」

「大丈夫だから！　本当に……ごめんマミ」

ぐちゃぐちゃな気持ちを悟られたくなくて、言葉をにごす。

今はこれ以上なにも聞かないでほしい。

それに――私は間宮の彼女じゃないし。

間宮が誰といたって、私は怒ることの出来る立場じゃない。

だって、本当にしょうがないことだから。

とっくの昔に、失恋してるし……。

動揺する必要も、傷付く資格もないんだ。……ないはずなのに。

「青は良くてもアタシは納得いかないよ。なんか……許せないし」

「……いやいや、本当しょうがないって。反対に私ひとりで勘違いしてて痛いなー、なぁんて」

「しょうがないとか、そんなわけないじゃん！　アイツは青がどんだけ自分のこと好きか知ってるのに」

「……でも、本当にどうしようもないからさぁ」

「青……」

あはは、と空元気で笑うと、マミに「馬鹿」と呟かれた。

「無理に笑わなくていいから、しんどくなったら愚痴《ぐち》っていいから」

「マ、マミ？」

「っていうか、そういう時こそ頼《たよ》ってよ。友達なんだから！」

「……うん」

窓ガラスに手をついたまま私はうなずき、口元を綻ばせる。

めずらしく泣かせるようなことを言うじゃないか。

今はまだ泣けないけど、私のために真剣に怒ってくれて心配してくれただけでも、救われた気持ちになる。親友の言葉に鼻の奥がツンと痛くなった。

「……ありがとう、マミ」

悲しいけど、嬉しいなんておかしいかな。

だけど、それぐらい「よしよし」と私の頭を撫でてくれるマミの手は優しくて。

胸につかえていた重たい物が、ほんの少しだけ軽くなったような気がした。

私が、もし間宮に恋をしていなくて。

純粋に友達として付き合っていたら、こんな感情を抱《いだ》かずに済んだのかな？

それとも、すぐにあきらめがつけば問題にならなかった？

繰り返したって、答えの出ない自問自答。

忘れたいのに、簡単に消えない想い。

姿を見たら。

声を聞いたら。

近くにいるだけで、まだ好きだって想ってしまう。

今までは楽しいだけの片想いだった。

恋愛で落ち込む自分にどこかで酔《よ》って、本気で凹んだことなんてなかった。

些細なエピソードも脳内《のうない》変換ひとつで大袈裟に脚色《きゃくしょく》し、その時のシーンを回想して、ひとりでにやけたり涙ぐんだりしていた。

友達と話す切ない話に「わかるその気持ち」って、相づちを打っては共感。

励《はげ》ましたり、励まされたり。ドラマに出てきそうなセリフを、まるで自分達が経験したかのような口ぶりで語っていた。

精いっぱい、背伸びした恋愛観。

大人から見れば、恋に恋する年頃だからと受け取られるかもしれないけれど。

幼いなりに、誰かを好きだと思う気持ちは、いつだって真剣だった。

そういう風に大人ぶることで、精いっぱい背伸びしていた。

四月中旬《ちゅうじゅん》。

高校入学から半月近くが過ぎて、新しい学校生活にもだんだんと慣れてきた。

爽やかな季節とは裏腹に、私の心はいまだ鬱々としていて複雑なまま。

「ねえ、中学の時の京ちゃんってどんな感じだったの？」

学年一の美少女・瀬戸マリカ。

彼女の好きな人は、つい先日失恋したばかりの私の『元』好きな人、間宮京平。

マリカはお人形フェイスのつぶらな瞳《ひとみ》を爛々《らんらん》と輝かせ、お弁当箱の蓋《ふた》を開けながら聞いてくる。

どきっ。

質問の内容に、飲みかけのジュースを「うっ」と喉に詰まらせかける。

「青は部活も一緒だったんでしょ？」

「まあ、一応」

「いいなあ……。マリカもバスケで活躍《かつやく》する京ちゃんのそばでマネージャーとかやってみたかった」

一日の中で、もっとも気まずいのはお昼休み。机を前後にくっつけて、マリカとふたりでランチしてると、必ずと言っていいほど始まる京ちゃんトーク。その話題が出るたび、内心、微妙な心境だったりする。

「でもやっぱりモテてたよね、京ちゃん。噂になった子とかいたのかなあ……」

「ま、間宮って普段女子の前ではあんまり話さないから、うちらの間ではわりと無口キャラっていうか、案外モテそうでモテなかったから大丈夫だよ！」

「そうかな？」

「ほらっ、いくらカッコ良くたって話しかけにくいと近寄りがたいじゃん？」

我ながら無理矢理すぎる理由に口元が引きつり、ごまかすように苦笑する。

間宮と噂されていた張本人が私だなんて、マリカにだけは知られちゃいけない。

マリカを不安にさせるだけだし。

第一、そこで突っ込まれたら、洗いざらい間宮との関係を説明するハメになる。

現在に至る苦々しいエピソードまで。

正直、今はまだキツい。

「そっかあ……。マリカ、すぐ自信なくしちゃって……ごめんね」

「いや、私こそマリカの好きな人のことボロクソ言って、ごめん」

「ふふ。青がそう言ってくれて安心した」

ほっとするマリカに対して、じわじわと込み上げてくる罪悪感。

マリカはなにも知らないし、私もなにも話してない。

間宮のことが好きだったこと。

中三の冬に失恋していること。

……今もまだ完璧《かんぺき》にあきらめきれなくて、引きずっていること。

入学してすぐの頃、中学の時、私と間宮が同じクラスだったことを知ったマリカに、どんな関係か聞かれた。

けど、マリカには、ただ中学が一緒だったとしか間宮のことを説明していない。

過去の事実を内緒にしていることが、最近後ろめたくて仕方ない。

正直に話して、友達関係がうまくいかなくなったら。

相手に嫌な思いをさせて傷付けてしまったら。

そう考えると、どうしても言えなくなるんだ。

嘘《うそ》をひとつ重ねるごとに、過去の自分まで否定しているみたいでつらくなる。

「青、これあげる」

「？」

顔に出さないよう、心の中で深いため息をついていたら。

「喜んでくれるといいんだけど」

マリカが、机の横に掛けてある鞄からある物を取り出し、私に差し出してきた。

「えっ、なになに？　今開けてもいいの？」

「うん。どうぞ」

不思議《ふしぎ》に思いながらオレンジ色の袋を受け取り、シールを剥《は》がす。

ガサ……ッ。

中身を出してみると。

「あっ……！」

そこには『リトル・ラビット』のＣＤが入っていて、思わず声を上げてしまった。

「こ、これ、インディーズ時代に出した、初期の頃のアルバムじゃんっ！　え、なに、どこで手に入れたの？　ていうかこんな貴重な物、本当にもらっちゃっていいの？」

リトラビがメジャーデビューしてからのシングル・アルバムは全部持ってる。

けど、この一枚だけは、どうしても見つからなくて、ずっと探していた。

中古屋を回ったり、ネットオークションで検索《けんさく》をかけたり。

マイナーだから手に入れるのは無理かな、って半ばあきらめかけていたのに。

まさか、こんな形で現物を目にすることが出来るなんて……！

興奮のあまりＣＤを持つ手が震える。ジャケットを食い入るように見つめていたら。

「うん。昨日の帰り、たまたま中古ショップ寄ったらこのアルバムを見つけて。このアルバムだけ持ってないって前に言ってたから」

「えっ、本当にいいの？　ていうか、私、お金払《はら》うよ」

「いらない。マリカがあげたくてやったことだから」

「でも……」

「嬉しくない？」

「……感激しすぎて素で泣きそう。ありがとうマリカ」

「ううん。青が喜んでくれてよかった」

にっこりと微笑むマリカに思わず涙腺《るいせん》が緩みかけ、抱きつきたい衝動に駆られる。

ああ、私ってば、なんて最悪な奴なんだろう……。

マリカはこんなに友達思いのいい子なのに、私はひとりで勝手にもやもやして。

マリカが優しければ優しいほど、罪悪感が大きくなって胸が苦しくなる。

知り合ってまだ半月足らず。

私とマリカは、いつも一緒にいて行動を共にしている。

隣の席だから、必然的に話す機会が多くて、自然と仲良くなっていた。

朝の挨拶から始まり、教室移動やお昼休み。

先生の目を盗んで、ひそひそ話。

こっそり手紙のやりとりをする授業中。

帰宅してから、おやすみまでのメッセージのやりとり。

お互いを知るにつれて、居心地の良さが増して、その安心感は、私達の距離をぐっと近付かせた。

ただ、少し不思議なのは、これだけかわいくて優しい子なのに、ほかに女友達をつくろうとしないところ。

クラスの子が話しかけても、すぐに会話を終わらせて私の元に戻ってきたり、ほかの人達には壁《かべ》をつくっているというか。

もしかしたら、人見知りするタイプなのかな……？

最初は、間宮の件もあっていろいろ迷ったけれど。

付き合ってみると、マリカ自身はとても感じのいい子で、素直にずっと仲良くしていたいなって思えたんだ。

見た目だけじゃなくて、内面もすごく女の子らしくてかわいい。

話してみると、性格は案外はっきりしていて、好き嫌いが見事に分かれている。

好きな物は好き。

苦手な物は苦手。

自分の意見を先に言ってくれるから遠慮《えんりょ》しなくて楽だし。

特定の誰かの悪口を言ったり、噂話に左右されたりしないから信頼《しんらい》出来る。

ひとりっ子だから、甘えんぼ気質でわがままだって本人は言うけど。

さりげなく相手を気遣《きづか》えるマリカは、十分大人で優しい女の子だと思う。

彼女のそんな部分に私は惹かれていたりする。

それに、マリカはかなり頭がいい。

容姿端麗《ようしたんれい》、成績優秀《ゆうしゅう》に加えて、性格二重丸とくれば向かうとこ敵なしだよね。

純粋に羨ましい。

ただ唯一、気になることといえば……。


「次の時間体育だから、マリカ保健室に行くね」

昼食を食べ終え、お弁当箱を片付けていると、マリカは、黒板の方へ目を移し、時間割表を確認してから席を立った。お昼休みはまだ十五分近く残っているのに。

「その前に、借りてた本を図書室に返してくる」

と言うと、マリカは文庫本を腕に抱《かか》えて、教室を後にした。

その場に残された私は、机を元の位置に戻してからジャージ袋を手に持つ。

室内に残っていたほかの友達に声をかけ、体育館へ移動することにした。

「瀬戸さん、今日も休み？」

ジャージ袋を片手に提《さ》げ、パックジュースに口をつけて歩くのは、伊藤瑞希《いとうみずき》ちゃん。

一七〇センチの長身にショートカットの黒髪。

きりっとした猫目と、地声が低めのハスキーボイス。

所属は女子ソフトボールで、筋肉がしっかりついた鍛《きた》え抜かれた体つき。

本人いわく「私服だと男に間違われることもある」そうだけど、私からすれば綺麗な顔立ちをした美人さん。性別を間違われるのは髪形のせいなんじゃないかな？

同い年だけど、落ち着いたところがある彼女は、入学式の日に、森田健一こと「ケンちゃん」と騒いでいたメンバーのうちのひとりだ。

朝の電車が同じ路線だったことから、ケンちゃんとよく話すようになって。

その流れで、私はケンちゃんのグループの人達とも親しくなっていった。

瑞希ちゃんは、馬鹿やる時は全力で馬鹿やって、真面目な話をする時はアドバイスを交えて聞き役に回ってくれる。オンとオフを上手に使い分けられる女の子。

「うん……。単位のこともあるから、見学の方がいいかなって思ったけど、保健室で休むって」

「そっか。瀬戸さんて今のところ体育の授業全部休んでるじゃん？　少し気になってさ」

「マリカはなにも言ってくれないんだけどね……」

――タン、タンッ……。

階段を下りながら、私は小さくため息を漏らし、マリカのことを考えた。

マリカは、授業が始まってから一度も体育に出たことがない。

普通はみんな、先生の手伝いをしながら隅っこの方で見学するんだけど、マリカの場合は違う。体育館には向かわず、真っ直ぐ保健室へ行って休んでいる。

サボりとは違う気がするのは、そのことについて先生方がマリカに注意する様子がまったくないから。むしろ容認しているというか……。

実は、前に一度だけマリカの鞄にピルケースが入っているのを目撃したことがある。

パッと見ただけだけど、たくさんの種類の薬が詰まっていた気がする。

たまたま薬を取り出そうとしてるところを見てしまって。

どこか具合が悪いのか訊ねようとしたものの、マリカの顔が若干青ざめていて、話しかけられる雰囲気ではなかった。

もしかしたら、人に知られたくない悩みがあるのかもしれないし。

本人から聞くまでは黙っているつもり。

それでも、やっぱり心配だけど……。

各階の廊下から響き渡る喧騒《けんそう》も、静寂《せいじゃく》に満ちた一階に着くと、だんだん音が遠ざかっていく。

昇降口を横切って体育館に向かう途中、

「あ。ちょっと待ってて！」

私は水飲み場の近くにある自販機の前に、ピタリと立ち止まった。

「授業終わってから買うと、自販機混むからさ。今のうちにジュース買っておこうと思って」

「ひとりが飲み物買いだすと、なんだかみんなも同じタイミングで買いたくなっちゃうんだよね。あれって、なんでなんだろうね」

瑞希ちゃんは苦笑しながら、首《くび》を傾げる。

「たこ焼きとか、たい焼き屋とかもそうじゃない？　誰かひとりが並びだすと、なぜかおいしそうに感じてみんな並びだす……みたいな」

「なるほどねぇ」

くしゃ。

瑞希ちゃんが、飲み干したばかりのパックを手で潰《つぶ》し「確か、あっちに捨てる場所あったよね」と、昇降口付近にあるゴミ箱まで捨てにいく。その間、私はブレザーのポケットから キャラ物の小銭入れを出して、自販機にお金を入れていた。

うーん。いちごミルクと、ぶどうジュース。どっちにしようかな。

散々悩んで、人さし指を宙にさまよわせる。

「やっぱコレかな……」

ぶどうジュースに決め、ボタンを押しかけた時。

「ゴチ、あざーっす！」

——ピッ。

突然後ろから腕が伸びてきて、私が押すよりも先に、違う種類の飲み物を選択《せんたく》されてしまった。

ガコンと鈍い音がして、取り出し口に落とされたのは、私の苦手なバナナジュース。

「…………」

今この学校でこんなことをする人は、ひとりしかいない。

振り返るとそこに立っていたのは、予想どおり同じクラスのお祭り男・ケンちゃん。

彼はイタズラが成功した子どもみたいににんまり笑って、私の肩に腕を回してきた。

「ちょっとケンちゃん。私おごるなんてひと言も言ってないんですけど」

「いやー、今体育館でバレーしてたんだけど、全力出しすぎて超汗《ちょう》だく。喉渇《かわ》いたーって思ってたら自販の前に青が立ってっからさ。ああ、これはぜひともゴチになっておくべきかと」

「いや、それ意味わかんないから」

ケンちゃんの理不尽《りふじん》すぎる解釈《かいしゃく》にすかさず突っ込みを入れると。

「わはは」

今度は爆笑《ばくしょう》されて、頭をわしわし撫でられた。

「ごめんごめん。後で金返すから、膨れんなって」

「まったく。ちっとも反省してないでしょ？」

「あ、わかっちった？」

悪びれもせず平然とした態度を貫《つらぬ》く無神経さに呆れかえる。

でも結局、いつだって元気いっぱいの彼は、どうも憎めないキャラで毎回許してしまうんだ。

「あちー」

シャツの襟元を掴んでパタパタさせているケンちゃん。額からは大粒《おおつぶ》の汗が浮かんでいる。

膝までまくり上げられたズボン。踵《かかと》を踏み潰している上履《うわば》き。

どうやら、今日も全力で遊んでいたらしい。

ケンちゃんは、いつも誰彼なしに巻き込んでテンション高く騒ぎながら遊んでる。

声の大きさも含《ふく》めて、とにかく目立つ人だ。

「あのさ、青」

「なに、ケンちゃん？」

「今日の放課後って予定空いてる？」

「へ？」

「暇だったら親睦会《しんぼくかい》を兼《か》ねてオレらのグループとカラオケ行かね？　こっちは瑞希いるし、青も好きなダチ連れてきていいからさ」

「カラオケかぁ……」

そういえば、高校に入ってからまだ一度も友達と遊びにいってない。

中学時代は部活で休みがなかったし。

マミとも、クラスが離れてからは朝の通学以外、別々に行動していたから。

「ねえ、それマリカも誘《さそ》って……」

言いかけて、言葉が途切れた。

ふと視界の隅に入り込んだシルエット。

昇降口からこっちへ歩いてくる三人組の男子。その真ん中にいたのが友達と談笑している間宮だとわかった瞬間、心臓がドクンと音を立てて耳たぶが熱くなった。

変に意識して、以前のように気軽に話しかけられない。

「どした、青？」

急に黙りこくったことを変に感じたのか、ケンちゃんは不思議そうに首を傾げて、ぐいっと私の頬を挟んで持ち上げる。

「あれ？　青、顔真っ赤じゃね⁉」

なんでもない、と答えようとしたのに。

目線は、どうしても近くにいる間宮を追ってしまって。

でも、ケンちゃんの肩越《かたご》しに間宮と目が合って後悔した。

間宮の友人は、ケンちゃんと私の絡みを見て、なにか誤解したらしい。ひやかし半分に口笛を吹いて、にやにや笑っている。

間宮だけが真顔になって、私からすっと目を逸らす。

たったそれだけの動作に、馬鹿みたいに胸が痛んで軋《きし》みだす。

私のことなんて一切知らないそぶりで、間宮は無言で横を通り過ぎ、体育館に入っていった。

友達でいようって、自分からお願いしたのに。

マリカの存在を気にしすぎて、間宮を避《さ》け始めてしまったのは私。

だから、スルーされたって仕方ないのに。

どうして悲しくなるんだろう。

遠くから見つめるだけじゃ切ないよ。

苦しいよ、間宮……。


体育が終わって教室に戻った後。

「マリカ。今日の放課後って空いてる？」

さっそくマリカの元へ行き、ケンちゃん達と遊びにいかないか誘ってみた。

「先に済ませなきゃいけない用事があるから、その後に合流するね」

そう答えたマリカは、後から連絡を入れてくれることになった。

校外でマリカと遊ぶ約束をしたのは今回が初めて。

放課後は間宮と帰ってるみたいだし。

ふたりの時間を邪魔《じゃま》するのもあれなので、今まで躊躇していたけど、ケンちゃんの
おかげできっかけがつくれてよかった。

間宮のことを抜きにして、マリカとは純粋にもっと仲良くなりたい。そう思ってい
たから。


「うらぁーっ、飛ばすぞーっ！」

――キィ……ィン。

マイクの音が室内に反響し、あまりのボリュームに耳をふさぐ。

「ＯＫ！　カマンッ、ベイビー。オレの歌を聴いてくれっ」

上着を脱《ぬ》ぎ捨てて前に出てきたケンちゃんは、客席を煽《あお》るようなしぐさで激しく手
を振っている。

「モリケン、いいぞー！」

「キモカッコいいーっ、抱いてーっ」

「あはははっ」

私以外のみんなも悪ノリで声援を送ったり、タンバリンを叩いたりしている。

今まで遭遇したことないテンションの高さ。

みんなのはしゃぎっぷりに、自分はこの場でどうするべきか考えた。

歌手になりきって熱唱している、ケンちゃん。

タンバリンを叩いて合いの手を入れる、瑞希ちゃん。

見た目は真面目な眼鏡男子の佐藤《さとう》君は、マラカス担当。

床《ゆか》の上を飛び跳《は》ねて拳《こぶし》を振り上げているのは、サイドの髪をちょんまげ風に縛《しば》ったロン毛のノッチ。

以上のメンバーの中で私がとるべき行動は――初回メンツだからって恥ずかしがらずに、素を出して楽しむこと。

徐々《じょじょ》に、この空間に慣れ始めた私は、

「私もタンバリン叩くーっ！」

とテーブルの上のタンバリンを手に取り、リズムに合わせてそれを鳴らした。

楽しくて、自然に笑顔が溢れる。

自分からみんなの中に溶け込んでいくのって、初めは緊張するけど。

「ははっ、いいぞ、青」

ケンちゃんが私の方を指差して、嬉しそうに笑ってくれたのを見て、このメンバーと仲良くなれてよかった、って心から思った。


ここは、駅前のビルに入っているカラオケ屋。隣の店がゲームセンターということもあり、学生の利用率が高い。

ほかにも、すぐ近くにアーケード街があって。中には、若者向けの古着屋や本屋。CDショップにファンシーグッズを取り扱った店舗《てんぽ》も入っていて、放課後になると、学生達がたくさんここに集まる。

いつ来ても、賑やかで活気に溢れた場所だ。

「次、妹のDVDで完璧に振りをマスターしたジョニーズ・ジュニアの新曲いくぜっ」

「モリケン、キモいぞーっ」

「やめてーっ、PVに合わせてウインク飛ばすの本気でやめてえぇっ」

カラオケボックスに入ってから、一時間くらい経過した頃。

「あはは っ……はっ……お腹苦しい〜っ」
私は全身汗だくになって、激しく息切れしていた。
私以外の四人はどれだけタフなのか、あれだけ騒いでもまだまだ余裕がありそう。
中でも、一番元気なのがケンちゃん。
彼はみんなを笑わせようと全力だから、ピンのお笑い芸人みたいで。
さっきから、彼に順番が回るたびに「次はどうくるのか」って期待値が上がっていく。
「♪きっみだっけふぉぉー、んあっいっして、ゲホゴホッ……るぅぅぅ！」
アイドルの真似をして完璧に踊《おど》りきるケンちゃん。
液晶《えきしょう》画面に映るミュージックビデオとまったく同じの、キレッキレなダンス。
声真似してるつもりが、変に力が入りすぎて、途中でせき込んでるし。
本当、何者って感じで。
ケンちゃんからは、いろんな意味で目が離せない。
「ははっ……くくく。もう駄目。笑い死ぬ」
バシバシッ。
ソファの端を叩き、目尻《めじり》に涙を浮かばせて笑い転げる。
ひたすら笑いっぱなしで脇腹《わきばら》が痛い。

「サンキュー、ベイビー！　みんなの声援、ばっちりオレのハートに届いたぜ！」

曲が終わり、ケンちゃんがステージ上で盛大にキメポーズをとる。

「アホー！」

「誰も声援送ってませんからー！」

冗談交じりの野次を飛ばしつつ、みんなで盛大な拍手《はくしゅ》を送る。

私は歌いきったケンちゃんにハイタッチして「最高」と伝えた。

すると。

「カッコ良すぎるからって惚《ほ》れんなよ」

と、ケンちゃんが額の汗を拭いながら冗談を飛ばしてきたので、また噴き出した。

「あ、飲み物そろそろなくなってきたね。追加オーダーするよー」

テーブルの上の空になったグラスを見て私が聞くと、

「青。オレ、コーラ！」

「僕はアイスティー」

「おれっちは、うーんと。メロンソーダ！」

「あたしはウーロン茶で」

四人一斉にオーダーされて苦笑する。

本当にタイミングばっちりだな、このグループは。

「了解。じゃあ、コールするね」

フロントに連絡しようと、その場から立ち上がり受話器を掴んだ時。

ブーッ、ブーッ……。

スカートの内ポケットでスマホのバイブが震えた。

長い震動は着信を知らせていて、急いで部屋から抜け出す。

着信画面には『瀬戸マリカ』の名前。

——ピッ。

「はい、もしもし？」

「あ、もしもし。青？」

「お疲《つか》れ〜。マリカの用事、もう終わったの？」

「うん。もうお店の前に来てるんだけど、青達って何号室にいるの？」

「ちょっと待ってね。部屋番号確認する。えーっと……、二階に上がって手前の二〇一号室だよ〜」

「わかった。じゃあ、今すぐそっち行くね」

「はーい」

それから数分もしないうちに、マリカが部屋に到着してドアが開いた。

「ごめんねぇ、遅くなって」

申し訳なさそうにお辞儀《じぎ》をして、部屋の中に入ってくるマリカ。

「うおおおお、B組の瀬戸さんじゃん！」

「マジかわいい。青、グッジョブ！」

「コラ、男子。瀬戸さん引いてるから。落ち着きなさいよ」

華やかな美少女の登場に男メンバーが興奮し、瑞希ちゃんがさりげなく注意する中、私はひとり、固まってしまった。

顔からすっと表情が消え、凍りつく。

なぜなら、マリカの後ろに間宮が立っていたから。

「この前、京ちゃんに借りてきてもらった映画のＤＶＤを返しにいってたんだ」

間宮に目配せして幸せそうに微笑むマリカの頬は桃色《ももいろ》で、熱の引いた私とは正反対。

さっきまでのテンションはガタ落ちして、上手に笑えない。

「ま、間宮も来てたんだ」

「……ん」

小さく頭を下げる間宮に、私はそれ以上言葉が続かなくて、マリカの方に向き直る。

「座りなよ。ちょうど今飲み物頼《たの》むところだったし。なにがいい？」

メニュー表を手渡し、ふたりを入り口そばの席に座らせてから、私は間宮から一番離れた席に着いた。隣にはケンちゃんが座っていて、カラオケに集中していられると思ったから。

「次、なに入れようかな……」

間宮達の方を見ないで済むよう、歌本を広げて曲を選ぶフリをする。

同じ空間にいても、別の部屋にいるみたい。

近くにいるのに、果てしなく遠い。


——コンコン。

「お待たせいたしましたー」

フロントにオーダーしてから数分もしないうちに、店員さんが部屋に入ってきて、全員の注文したドリンクがテーブルに置かれた。

笑いすぎて喉がカラカラになっていた私は、ウーロン茶をグラス半分まで一気に飲み干す。

……やばいな。純粋に楽しみたいのに、気を緩めたら泣きそうになってる。

こんな顔してちゃ駄目だ。

そう思って自分の頬を軽くパンと叩き、カラオケに集中することにした。

ううん、違う。集中しようとして、結局、何度も視線を間宮の方に送っていた。

「京ちゃん、なに入れる？」

歌本を開いて、ふたりで選曲している姿。

間宮の耳元でなにか囁《ささや》き、クスクス笑うマリカ。

間宮は噴き出して、そして……。

見たくない。

聞きたくない。

私から誘ったくせに、今すぐ帰りたいとか自己中すぎる。

頭の中がぐるぐるして気持ち悪い。

比較《ひかく》したってしょうがないのに。

マリカのポジションが、中学時代の私の居場所と被《かぶ》ってしまう。

馬鹿やってふざけて。

いつも隣にいたあの頃を。

なにしてるんだろう、私……。

マリカも間宮も大切な友達で。

トモダチ、で――？

「あーおっ、番号教えて」

タンバリンを握ったまま黙り込んでいると、ケンちゃんに下から顔を覗き込まれて、スマホを出すよう促《うなが》された。

「番号？」

「そういえば、オレらまだ番号交換してなかったよなーって。部活休みの日とか、今日みたいに突然誘うかもしんないから」

「部活って……野球部だったっけ？」

「そうそ。こう見えて、俺、ガキん時からリトルリーグ入って本格的にやってきたから」

制服のシャツ越しに、二の腕の筋肉をぺちんと叩き、得意げな顔をするケンちゃん。

「へぇ。そんなに長くやってたんだ」

「最初は中学で辞めて、高校生活は遊びに集中しようか迷ったけど。やっぱ続けることにしたんだよね」

「それだけ野球が好きなんだね」

「そう。オレ、本気で野球が大好きなの」

「……なんか、カッコいいね。初めてケンちゃんがまともに見えた」

「コラ」

瞳を輝かせて真剣に語るケンちゃんの横顔は、普段と全然違って見えて、純粋に感心してしまった。

冗談交じりに茶化したら、肩に軽くチョップされて。

目が合うと同時に、ふたりで噴き出した。

ん……？

番号を交換して、オーダーした品を口に入れながら歌っていると、しばらくしてから、私の体に異変が訪れた。

喉が焼けるように熱くて、じわじわと吐き気が込み上げてくる。頭痛に襲《おそ》われ視界がブレだし、気持ち悪さにおしぼりを口に当て、背中を丸めた。

ケンちゃんはステージで歌っていて、私の異変に気付いていない。

瑞希ちゃんにヘルプを求めようとするも、眩暈《めまい》がして。

やばい。

本気で吐きそう。

——そう思った時。

「水野」

誰かに強く肩を掴まれ、私は目を見開いた。

顔を上げて絶句したのは、目の前に立っていたのが間宮だったから。

「具合悪いのか？」

嘘だ。

だって、マリカがそばにいるのに。

一番離れた席に座っていたのに。

暗がりの室内で間宮が私の顔色に気付くはずなんてない。

ない、のに。

「なにか口にした？」

コクンと小さくうなずき、テーブルの上を指差す。

ほぼ飲みきったウーロン茶。

そういえば、通常のより若干味が苦かったような……。

間宮はグラスを口元へ運んで匂《にお》いを嗅ぐと、ウーロン茶をひと口飲んで顔を顰《しか》めた。

「馬鹿っ、お前これウーロンハイだろ。アルコール入ってるぞ」

「え……？」

「店員が間違えたんだろ。……ったく、飲んですぐ気付けよ」

「ご、ごめん……」

なんで謝ってるのかわからないまま頭を下げると、間宮は大きくため息をついて、後ろ髪をグシャグシャッと掻いた。

「えっ、どうしたの青⁉」

私の様子がおかしいことにまわりも気付きだし、一斉にみんなに囲まれる。

カラオケを中断させてしまった私は、申し訳ない気持ちでいっぱいで。

「コイツ、店員が間違って持ってきたウーロンハイ飲んで具合悪くなってる」

そんな私を見て安心させてくれようとしたのか、間宮がみんなに説明しながら背中を優しく撫でてくれた。

「誰かチャリ持ってる奴いねぇ？」

間宮に聞かれて真っ先に手を上げたのは、

「持ってる」

心配そうな面持ちで、隣にしゃがみ込んできたケンちゃんだ。

「オレのチャリなら店の前に止めてあるけど」

「悪いけど貸してくんない？　コイツ家まで送ってくるわ」

「それならオレが送……」

「行くぞ、水野」

なにか言いかけていたケンちゃんから、半ば奪い取るように自転車の鍵《かぎ》を借りる間宮。

「ちゃんとつかまっとけよ」

間宮は向かい合って自分の肩に私の腕を回させ、脇の下に手を入れてゆっくり起き上がらせてくれる。支えられて、というよりはほぼ肩に担《かつ》がれた状態と表現する方が正しい。

「いっ、いいよ、間宮！　下ろしてっ」

「いいから」

恥ずかしさに両足をバタつかせるも、間宮に完全スルーされて私は絶句する。

だって、こんな……みんなが。

マリカが見てる前で。

「悪い。すぐ戻るから待ってて」

顔を強張らせるマリカに間宮がそう告げて、部屋から出る。


私は、ずるい本音を抑え込もうと必死で努力した。

言い訳だって、たくさん浮かんだ。

でも、そんなの全然意味がなくて。

間宮と話せたことが、泣きそうなくらい嬉しかった。

今、正面から顔を見られたら、ごまかしが利《き》かないほど、頬が熱くなっている。

第二章

変わり始めるもの

認めたくなかったのは『過去』か『現在《いま》』か。

答えは、きっと……。


夕暮れに染まるオレンジ色の空。流れゆく住宅街の風景。車輪の回る音。

コンクリートの地面に、ふたり乗りする私達の影が伸び、自転車のスピードに合わせて、どこまでも追いかけてくる。

「……ごめんね」

間宮の腰に腕を回して荷台に座っていた私は、しゅんと項垂れ、小声で謝った。

間宮は無言でペダルを力強くこいで、緩やかな坂道を上がっていく。

小刻みに吐き出す息と、額から顎先へとしたたり落ちる汗。後ろに人を乗せて隣町から地元まで走り続ければ、かなり体力を消耗《しょうもう》するだろうに、間宮は文句ひとつ言わずに、家まで送り届けてくれた。

「具合どう？」

「うん。もう平気だよ。風に当たって頭もすっきりしたし。送ってくれてありがとう」

「そっか」

間宮が表情を和《やわ》らげ、安堵《あんど》の息を漏らす。

私も「バイバイ」と、手を振りながら微笑み返し、背を向けて家の門に手を掛けた。

だけど。

……本当に、このまま別れていいの？

ふとよぎったのは、明日からの私達。

もし、またぎこちない空気が流れて気まずい関係になってしまったら……。

今、彼を引き止めておかなかったことを絶対に後悔する。

「……っ、間宮」

後ろを振り返り、間宮を慌てて呼び止める。

――キキィ……ッ。

間宮は長い足を地面につけてブレーキをかけると、自転車から降りて手押ししながら、私の元へ戻ってきてくれた。

「あのさ……っ、私」

拳をぐっと握り締め、自分に頑張れとエールを送る。

勇気を出して。

怖がらないで。

目と目を合わせて伝えなくちゃ、届かない。

大丈夫。間宮はちゃんと聞いてくれる人だよ。

「私……、また前みたく間宮と話したい」

そのことを、三年間この人を好きだった私が知っている。

「普通に仲良く……っしたいんだ」

新しい友達が増えて嬉しい半面、間宮と話せない一日はどこか物足りなくて寂しかった。

それは恋愛感情抜きに、『友達』としても間宮のことが好きだったからだ。

フッたフラれたの微妙な関係で、何事もなかったように接するのは難しい。

それを見越した上で仲良くするには、相当の努力が必要で。

そのためには、私から歩み寄らなくちゃいけなかった。

だけど、逃げてしまった。

失恋の痛手を癒《いや》す前に、マリカの存在を知って。

これ以上傷付きたくないと、自分から間宮を拒絶していたんだ。

告白を断った相手に平然と話しかけられるほど、間宮だって無神経な男じゃない。

私を気遣って遠慮してくれていた優しさを、素直に受け取れず、落ち込んでばかりいたのは……。

間宮に気まずい態度をとらせていた張本人は、ほかでもない、私自身じゃないか。

現状を変えたいのなら、相手を思いやる心をもたなくちゃ。

「……避けられてるっぽいから、もう嫌われたかと思ってた」

額を押さえて、間宮が深い息を吐き出す。そのまま自転車を止めると、ずるずると地面にしゃがみ込み、顔を俯かせて前髪を掻いた。

私も彼の前にしゃがみ、緊張が解けて緩みかけた涙腺からなにもこぼさないよう、必死にこらえて苦笑した。

「いろいろ吹っ切るのに時間がかかってごめん。でも、もう大丈夫だから。あきらめついたから、安心して？」

「…………」

「間宮……？」

返事がないことに不安を覚え、名前を呼ぶ。

すると、間宮は、ボソリと聞き取れないくらい小さな声でなにかを呟いて……。

「──番号」

「え……？」

「なんでアイツには教えて、俺には教えてくんねぇの？」

聞かれている意味がわからなくて、首を傾げる。

アイツ、って……ケンちゃん？

きょとんとする私に、間宮は軽く舌打ちして、私の頬の肉を両手でつまんできた。

「古株のダチとしては地味に寂しいんですけど、そういうの」

「い、いふぁいっ。いふぁいっふぇば」

「うるせ。俺の心の痛みを思い知れ、薄情者《はくじょうもの》」

そこはかとなく不機嫌《ふきげん》オーラを出していたのは……、私が間宮に携帯番号を教えていなかったから？

告白する前だったら、勘違いしてしまいそうなセリフ。

だけど、間宮の中では特別な意味なんてなくて。

……そっか。そうだよね。

友達に戻るってそういうことなんだ。

「……俺が言える立場じゃないけど」

「？」

「水野のことは素でいい奴だと思ってるし、お前とふたりでしゃべるのも、すげぇ楽しいからさ」

「うん……」

「──ありがとな」

私の頭をぽんと叩き、間宮は片眉を下げて微笑む。

今──……？

間宮の表情がほんの少しだけ寂しそうに見えたような。

心になにかが引っかかったけれど、仲直り出来た安堵感から、気のせいだと自分に言い聞かせた。


翌日から、校舎内のどこかで間宮と遭遇すると、会話をするようになった。

誤解を生まないよう、必ずマリカを入れた三人で。

昨日見たお笑い番組。リトラビの最新情報。間宮に勧《すす》められて始めたスマホゲームアプリの攻略《こうりゃく》方法や、バスケ部の仲間の話。

「青と京ちゃんって仲いいんだね……」

もともと好きな物や趣味が被っている私と間宮は、ふたりで盛り上がることが多くて、内輪ネタについていけないマリカを困らせてしまうことがあった。

「そ、そんなことないよ」

「そうかな……？」

「うちらが通ってた中学って、同学年のみんな仲良かったから」

「……ふーん」

慌ててフォローするものの、マリカの落ち込み具合はひどくて、口を閉ざしてしまうこともしばしば。

友達として接していても、それがマリカにとって不安要素を掻き立てるなら——、私は間宮のそばに行かない方がいいのかもしれない、と新たに悩み始めている。

考えてみれば、普段から間宮にまつわる話題ばかりで、マリカは自分のことを語ろうとしない。

謎《なぞ》な部分は前からあった。

けれど、本人に質問していい内容なのか迷って、結局聞けずじまいでいた。

最初の違和感は高校に入ってすぐの頃。クラスの女子がそれぞれ出身中のアルバムを持ってきてみんなで見ていた時も、マリカだけ、どの中学にも存在しなくて首を傾げた。

間宮とは家が近所の幼なじみと言っていたから、てっきり、学区が違うだけで近くの中学に通っていたと思っていたのに。

別の地域から引っ越してきたという話も聞かないし、前に見たピルケースといい、なにかあるんだろうか……。

「青、パスッ」

瑞希ちゃんのかけ声にはっと我に返り、ゴール下に立っていた私は急いで走りだす。パスされたボールを受け取り、敵チームのディフェンスをくぐり抜けてシュートを決める。

味方チームから歓声《かんせい》を送られ、瑞希ちゃんから「ナイッシュー」と肩を叩かれた。今は体育の授業中で、バスケの試合をしている最中。私が決めた得点で、得点は六対二になり、うちのチームがリードしている。

――ピピー……ッ。

点が入ると同時に試合終了のホイッスルが鳴り、出番の済んだ私は、ステージ脇に腰を下ろした。

「暑ー……」

額に浮かんだ汗をジャージの袖で拭っていたら、ふと目の前に影が落ちて、ゆっくり頭を上げた。

「お疲れ様」

にっこり微笑み私の隣に座ったのは、今まで一度も体育の授業に出たことがないマリカだった。

ひとりだけ制服姿……ってことは。

「もしかして見学?」

「うん。保健室の先生が用事で部屋空けちゃったから、退屈《たいくつ》になっちゃって」

「そうなんだ」

「どうせなら、青の応援でもしにこようかなって思ったの。今日バスケするって張り切ってたみたいだし」

「ありがと。久々にバスケしたら、体の動きが鈍っててガッカリしたよ。部活辞めてからまともに運動してなかったからなぁ」

肩をすくめておどける私に、マリカも口元に手を添えてふふっと笑う。

違うチームの試合が始まり、再び活気に溢れるコート内。

キュッとシューズの底が擦れる音。バウンドするバスケットボール。

出番じゃない人達は各々のグループに分かれて、休憩がてら友達と会話している。

「ねえ、青。男子も向こう側で授業してたんだね。知らなかった」

膝頭《ひざがしら》に顎をのせて体育座りしていたマリカがポツリと呟き、ステージとは反対側の方向を指差す。

体育館のちょうど真ん中に張ってある、仕切り代わりのネット。それを境に、男子と女子で半コートずつ使用して授業をすることがたまにある。

「ここから、京ちゃんがバスケしてるところ見える……」

「ああ、うちのクラスはA組と合同だから」

マリカの視線の先には、向こう側のコートで走り回る間宮の姿が映っていて、いとおしそうに、目を細めながら見つめている。

「いいなあ。青は中学の時、毎日部活で見てたんでしょ？」

――ダンッ。

ドリブルからシュート体勢に移り、片手で軽々とダンクを決める間宮。

リングが揺れて、ネットに吸い込まれたボールが落ちる。

「子どもの時から変わらないなぁ。バスケやってると、すぐ夢中になるところ」

得点を入れた間宮は得意げに手を上げ、仲間とタッチをして笑っている。

遠目にその光景を見ていた私の口元も綻び、無意識のうちに笑みがこぼれていた。

「……でもマリカが辞めさせちゃった」

「え……？」

周囲の喧騒に、最後の言葉がうまく聞き取れない。

「今、なんて……」

「カラオケの時のこと、マリカがなんとも感じてないと思った？」

「……え？」

「あの時、王子様みたいだったね、京ちゃん。血相変えて青のところに行ってさ」

「ち、違うよ。あれはたまたま間宮が先に気付いてくれただけで――」

「たまたま？」

マリカの目が鋭《するど》く光り、ごくりと唾を呑み込む。

「それ、本気で言ってるの？」

「……間宮とはただの友達だよ？　マリカが誤解するようなことなんて、なにもないよ」

なにも？

本当に？

間宮に失恋した過去を隠しているくせに。

その負い目が、ズキズキと胸を痛ませる。

マリカの手がスッと私の頬に伸びて、目を逸らせないよう、真正面から見つめられる。

「嘘」

「あの日から、ずっと面白くないの。京ちゃんが青を抱えてカラオケの部屋を出ていった時から」

蛇《へび》に睨みつけられた蛙《かえる》みたいに硬直《こうちょく》して動けない。冷や汗が浮かんで、呼吸がうまくできなくなる。

「最近、やたら京ちゃんと仲良くしてるよね」

「……ごめん」

「どうして謝るの？　ふたりは『友達』なんでしょ？」

「………」

「それとも青の中には、なにかやましい気持ちがあるの？」

探りを入れてくるような言葉のひとつひとつに棘《とげ》を感じて。

なんて答えればいい？

どう言えば、マリカは納得してくれる？

「やましい、気持ちなんて……」

ないよ、とハッキリ口に出せなかった。

言葉に詰まって、マリカから視線を逸らしてしまう。

だって、本当はあるから。

あの時、間宮が介抱《かいほう》してくれて嬉しかったから。

家まで送り届けてくれた後。

勇気を出して仲直り出来て、本当に嬉しかったから……。

「やっぱりあるんじゃん。あ〜あ、面白くないなぁ。全部面白くない」

「マリカ……？」

「カラオケのことがなければ――、ううん。青が京ちゃんに慣れなれしくしなければ言う必要なかったのに」

空気がピリッと張り詰めたのを肌で感じて。

顔を上げかけて、ビクリと肩が震える。


「――ねえ、青。調子に乗らないでね？」


相手を追い詰める、低くて冷たい声音。

マリカは静かな怒りを瞳に宿し、鋭い眼差しで私を睨み付けている。

「この間から京ちゃんとマリカの間に入ってきて、すごく邪魔なの。マリカは『三人で』仲良くなんて、望んでないんだけど」

相手の気迫《きはく》に押されて、言葉が出ない。

まるで金縛りにあったみたいに、怖くて目が逸らせない。

「青はマリカの友達でしょ？」

――スッ……。

マリカの手が私の手の上に重なる。

聞かれている内容の不自然さに、嫌な予感がした。

返事代わりに顎を小さく引いてうなずくと、重ねた手にギリリ……と力を込められた。

細い体のどこにそんな力があるのか疑うほど、強い握力。

痛みに顔を顰めるも、マリカは手を離してくれない。

「マリカね、噂でいろいろ知ってるの。京ちゃんと前に噂されてた相手のことや、ふたりの関係性を」

「痛っ……」

「でもね、いくら親しくなったって無駄なの。だって、京ちゃんはマリカのモノだから」

明らかな牽制《けんせい》とむき出しの敵意。毒を含んだ言葉の端々にドクドクと脈が速くなる。

手のひらにじっとりと汗が滲み、唾が呑み込めない。

直感的に悟ったある予感は、確実に的中して。

……知って、る。

マリカは私と間宮の中学時代を知っている。

「友達なら、ちゃんと理解してね？」

目を細めて妖艶《ようえん》に笑うマリカに、ゾクリと鳥肌が立つ。

彼女のオーラに圧倒されて、完璧に萎縮《いしゅく》した。

「京ちゃんは誰にも渡さない」

こめかみを伝う冷や汗。釘《くぎ》を刺されているのだとわかった時、どうしようもないくらい混乱して、頭の中が白く染まった。

「絶対に――」

言いかけた直後。

突然、マリカが胸元を押さえて咳き込みだし、苦しそうな表情を浮かべて背中を丸めた。

小刻みに吐き出す荒々しい息に、連動して揺れる肩。もともと白い肌が青白く変化し、額に脂汗《あぶらあせ》を浮かべている。

「マ……リカ?」

明らかに容体がおかしくなったマリカに、私は驚きを隠せず、目を丸くする。

「危ない……っ」

前に倒《たお》れかけた彼女をとっさに抱きとめた。

腕の中のマリカはぐったりとしていて、急速に荒くなる息遣いは、ほぼ過呼吸状態に近い。

「マリカ……っ」

私の大声に周囲が何事かと振り返り、異変に気付いた生徒が先生を呼びに走る。

授業は一時中断となり、みんなが騒然としてマリカのまわりを囲んだ。

「マリカっ、マリカ大丈夫？　マリカ……」

初めて遭遇する事態に心臓がバクつく。

体を揺らさないよう注意しながら、何度もマリカに呼びかけたけれど返事はなく、荒々しい呼吸が響くのみ。

「どいて」

どうすればいいのかわからず困っていると、人垣を掻き分けるようにして、誰かが私達の前に現れた。

聞きなれた声に頭を上げると、そこにいたのは予想どおりの人物で。

「間宮……」

「マリカ、こっちに預けて」

騒ぎに反応して、すぐにここまで駆け付けたらしく、間宮は軽く息を弾《はず》ませている。

「早くっ」

見たことがないくらい真剣な顔をして私に手を差し出す。

私から自分の方へマリカの体を預けさせ、膝の下に手を入れて、軽々と持ち上げる間宮。

「俺が保健室に運びます」

先生にそう告げると、マリカを抱えて歩きだした。

長身の間宮がマリカを抱き上げると、本物のお姫様抱っこを見ているよう。

大変な事態だというのに、絵になるふたりに胸が痛み、顔を伏せた。

複雑な気分になったのは、先日のカラオケでの出来事を思い出したせい。

間宮に介抱してもらった時のデジャビュのように感じたから……。

マリカを抱いて、足早に体育館を後にする間宮。

ドラマみたいなワンシーンに、女の子達は興奮し、「やっぱりあのふたりって付き合ってるんだ」「不謹慎だけど、羨ましいって思っちゃった」「お似合いだもんね、あのふたり」と、興奮気味に語りだした。

少しずつ、まわりの音がノイズと化して遠ざかっていく。

マリカに掴まれていた手をさすると、皮膚《ひふ》に食い込んでいた爪痕《つめあと》が赤くなっていて、ズキリと鈍い痛みをもたらした。


六限目の授業が終わり、急いで着替えを済ませた後。

私はホームルームに出ず、真っ先にマリカの様子を見に保健室へ向かった。

――コンコン。

ノックしても返事がない。よく確認してみたら、ドアの前には『保健医外出中』のプレートがぶら提げられている。

もしかしたらあの後、病院に運ばれたのかも……。

どうしようか迷っていると、目の前のドアが開いて、中から間宮が出てきた。

授業中に戻らなかったことで、大体察しはついていたけれど。

ずっと、マリカのそばに付き添ってたんだ……。

「あの……マリカは？」

「さっき保健室の先生に車出してもらって、病院行った」

「そっか……」

知りたいことはたくさんあるのに、質問しても大丈夫な内容なのかわからなくて、聞き出せない。

本人が隠している事実を、他人越しに訊ねることへの後ろめたさに躊躇していると、

「説明するから、帰り、下駄箱の前で待ってて」

間宮は私の肩に手を置き、耳元で呟いてから横を通り過ぎた。


――ガタン……。

――ガタタン……。

小刻みに揺れる電車内。

私は座席の隅にちょこんと腰掛け、前に立つ間宮を見上げている。

彼とふたりきりで下校するのは、なんだか変な感じだった。

下駄箱の前で待ち合わせをして、学生の帰宅ラッシュがひと段落するまで駅のホームで世間話をしながら時間を潰して、人が少なくなってから電車に乗る。

……そんな憧れていたはずのシチュエーションなのに、どうしてこんなに複雑な気分になるんだろう。

車窓から差し込む暖かな日差しに後頭部が熱くなり、手で髪を押さえる。

心地良い揺れが若干の眠気《ねむけ》を誘い、瞼《まぶた》がとろんとしかけては、頭を振って目を覚ました。

間宮は片手で吊り革を掴み、ダルそうに背を屈《かが》めて欠伸《あくび》を漏らしている。

体育の後でお互い疲れているみたい。

「………………」

流れる沈黙は眠いせいだけじゃなくて、肝心《かんじん》な話題に触れるタイミングを、そわそわと窺っている。

他愛ない話ならいくらだって出来る。

冗談交じりの会話も、些細な報告も全部が嬉しい。

だけど、たったひとつ。

マリカに関することだけは、平然と聞いていられる自信がない。

きっと私は敏感《びんかん》に反応して、間宮を困らせるだろう。

ましてや間宮にとって、私は告白を断った女友達。ほかの女子のことを口にするのは、ためらわれるはず。

だったら、傷付かないって決めた。

落ち込む立場じゃないって言い聞かせる。

だから、聞いた。

「マリカの体——どこか悪いの？」

電車が止まり、私の隣に座っていた女の人が降りていく。

間宮は私の問いにうなずき、空いた席に腰を下ろした。

「……生まれつき心臓弱いんだよ、アイツ」

プシューッと扉が閉まる音がして、次に停車する駅名がアナウンスされる。

「ガキん時から入退院の繰り返しで、中学も本当だったら俺らと同じ西中に通うはずだったけど、病状悪化して一日も通えなかった」

発車と同時に車体が揺れ、間宮と肩がぶつかった。

「今も放課後は毎日病院に通ってて、通学するのがやっとのレベル。平日は俺が病院まで送り届けて、学校の中でもなるべく目を離さないよう注意してる」

「そんなに……?」

「普段はそう見えないだろ?」

「……うん。っていうか、それじゃあこの前のカラオケは? DVDも返しにいってたよね?」

「あれは……マリカがどうしても行きたいってゴネて、仕方なく。一応アイツの親に連絡取って、許可もらってから行ったんだよ」

「……私がなにも知らないで誘ったから」

「いや、それは水野のせいじゃない」

「けど」

「中学の時、アイツ学校に通えなくて。その分、学校生活に対して憧れが強かったんだろうな。毎日病室で勉強してた。だから、同級生に遊びに誘ってもらったのも初めてで嬉しかったんだと思う」

「…………」

「高校だけはどうしても行きたいって、相当駄々こねてさ。治療《ちりょう》の経過を見ながら、家族と医者を説得して、やっと学校に通えるようになったんだ」

「……知らなかった」

「アイツ、気ぃ強いから。弱ってるところ、人に見せるの嫌いなんだよ」

「全然、そんな風に見えなかった……」

「また入院生活に逆戻りしたくなくて、精いっぱい平気なフリしてるだけ」

マリカは女の子らしくて、優しくて。

好き嫌いがハッキリした、意思の強い女の子だと思っていた。

普段近くにいて、マリカからはそんなそぶり、一切感じなかったから……。

ピルケースを所持したり、体育の授業だけ欠席しているのは気になっていたけど。

まさか、そこまでの大病を患《わずら》っていたなんて……。

ショックが大きすぎて言葉にならない。

「……でも、どうして間宮が付き添ってるの？」

大切な幼なじみだから放っておけないのはわかる。

マリカの間宮に対する依存《いぞん》度や執着心《しゅうちゃくしん》。想いの深さは誰より私が聞かされている。

だけど、間宮は？

あれだけ丸わかりのマリカの態度を見て、彼女の気持ちに気付かないわけがない。

でも、マリカからは「間宮と付き合うことになった」という話をまだ聞いていない。

なら、彼氏でもない間宮がなぜそこまでマリカに尽くすのか、私にはわからない。

仮に、高校でバスケを続けなかった理由がマリカの付き添いをするためだとしたら。

「——た、から」

ボソッと呟いた声はかすれていて、うまく聞きとれない。

間宮は前かがみになって太ももの上で手を組むと、深いため息をついて突然昔話を始めた。

「小学生の時にさ、俺一回だけマリカのこと思いっきり避けたことあんだよ」

「………」

「高学年になるあたりで、女子と遊ぶのがカッコわりぃっつーか、変にまわりの目とか気にして『バスケするのにダチと集まるからお前はついてくるな』って怒鳴《どな》ったことあった」

「うん……」

「なのにアイツ、俺の後追いかけてきて——目の前でぶっ倒れたんだよ。その後しばらく意識が戻らなかった」

ちょっとした運動も禁止された人間が、全力疾走《しっそう》したらどうなるか。

本人が、その危険性を一番知っていたのに。

幼いマリカは自身の体の異変より、間宮に拒絶されることを恐れて、涙を流しながら、懸命に間宮の背を追ったのだと思う。

あまり学校に通えず友達の少なかったマリカが、唯一心を許せる存在。

それは、幼なじみの彼しかいなかったから。

間宮だけには嫌われたくなかったから。

思春期に差しかかり、女の子といることに抵抗感《ていこうかん》や恥ずかしさが芽生えた間宮。

けど、ちょっとした苛立《いらだ》ちをぶつけた結果、命に関わる重大な事件になってしまった。

「救急車で運ばれてなんとか一命は取りとめたけど、すげぇ怖かった」

間宮の話を聞きながら。その時の光景を頭の中でイメージした。

「治療室の前で待ってる間、ずっと震えが止まらなくて。後悔で頭ん中いっぱいで、なにも考えられなかった」

耳鳴りがするほどすぐそばで聞くサイレン。担架《たんか》で運び込まれる少女。同乗した救急車。駆け付けたマリカの両親の必死な顔。動揺で震えながら流した涙。

間宮が聞かせてくれた話は私の想像を絶するもので、呆然と相づちを打つことしか出来なかった。

「もういいよ、間宮……」

話すうちに、だんだんと頭を伏せていく間宮の声は震えていて。

私は、そっと彼の手に自分の手を重ねて、首を横に振った。

「大丈夫だから。マリカは無事だから。安心して……?」

フラッシュバック。

間宮の中で、さっきのマリカと、過去の光景がそっくりダブったに違いない。冷静に対処しているように見えたのは、反対にそれだけ動揺を抑えるのに懸命だったからで、内心では、かなり慌てていたはずだ。

私でさえ、気が動転してどうすることもできなかった。

「大丈夫だよ……」

安心してほしいのに、気休めの言葉しか吐けない自分が歯がゆくて。


——好きな人と同じ学校に通えて、マリカ今、すごく幸せなんだ。

——次の授業体育だから、マリカ保健室に行くね。

——ねえ、青。調子に乗らないでね？


「……悪い。肩貸して」

目を閉じ、私の肩にもたれかかる間宮。

その重みは心地良くて。同時に切なくて。

彼の髪を撫でたい衝動をこらえて、窓の外をじっと見つめた。

右から左に流れていく風景。

地元に着くまであとふた駅。
――カタタン……、ガタン……。
ふたりに降り注ぐ日差し。
泣きたくなった午後。

マリカに対する懺悔《ざんげ》。
間宮に対する未練。
切なく締め付ける胸の鼓動。
後悔したのはいつ？

……答えはきっと、進行形の過去と現在。

彼の隣

マリカが倒れてから一週間。

あの日から彼女は一度も学校に来ていない。

間宮からは、検査入院を兼ねて当分休むと説明された。

お見舞いにいきたかったけれど、この前のこともあってどうするべきか悩んでいる。

少なからず、今、マリカは私の存在を面白くないと感じているはず。

人から容体を聞いてきたと知ったら、神経を逆撫でしてしまいそうな気がして。

自分から話したがらないことを本人に聞くのもはばかられていた。

『京ちゃんは誰にも渡さない』

人から初めて向けられた敵意や言葉の牽制。

豹変《ひょうへん》したマリカの態度に、いまだ動揺を隠しきれずにいる。

いつもマリカと昼食を取っていた私は、彼女が休むようになってから誰とランチするか困った。

「あーおっ、飯食う奴いないなら、オレらんとこ来るか？」

「うん。こっちに来なよ。青が一緒ならあたしも楽しいし」

その時、一番先に声をかけてくれたのが、ケンちゃん達。

最近では、彼らのグループと行動を共にするようになっていた。


「ごっつぉさん！　うっし、佐藤、ノッチ、バレーしにいくぞっ」

昼ご飯を食べ終えるなり、男子達は体育館へすぐ遊びにいって、私と瑞希ちゃんが残された。

「ケンちゃん達はタフだねぇ。四時間目、体育の授業したばっかなのに」

「アイツら子どもだからね。常に体動かしたくてウズウズしてるんだよ。……ところでさ」

「ん？」

「青に話したいことがあるんだけど」

周囲を窺い、廊下の方を指差す瑞希ちゃん。

「ここじゃ人が多いし。いいかな？」

という流れで、移動することに。

外は雨が降っていたので、屋上手前の非常階段で話すことにした。

ふたりで一番上の段に並んで腰掛ける。

「青に言うか迷ったけど、この前の体育の授業でふたりが話してた内容、偶然《ぐうぜん》聞こえちゃってさ……」

「あ……」

「盗み聞きするような真似して申し訳ないけど、心配になったから先に忠告しておく」

この前の体育、って。

マリカのことだよね、きっと……。

瑞希ちゃんの口から出てきた名前に、思わずピクリと反応してしまう。

「あの子……、瀬戸さんね。結構前のカラオケで青がウーロン茶とウーロンハイ間違えて具合悪くなったことあったじゃない？」

「うん。あったね、そんなこと」

「あの時、間宮君に介抱される青をものすごい目つきで睨んでるの見ちゃったんだ、あたし」

「……………」

「こんなこと言える立場じゃないけど、あの子には注意しておいた方がいいよ」

扉越しに聞こえる雨音。窓を打つ水滴。

廊下から響く、人のざわめき。

「三人の間になにがあったかあたしは知らないけど。最近、ずっと元気ないみたいだし」

「……うん」

「無理に話せとは言わないけど、つらくなったら頼っていいから」

「……うん」

「あんまり我慢《がまん》しすぎないでね」

体育座りしていた私は膝頭に頭をうずめ、鼻を小さくすすって「ありがとう」と告げた。

泣きたくなくて歯を食いしばる。

瑞希ちゃんは私の背を優しくさすり、チャイムが鳴るまでの間、ずっとそうしていてくれた。

些細なズレが引き起こす日常の変化。

その中で、私が特に気にしていたのはひとつ。

マリカは、中学時代の私と間宮のことをどこまで知っているのだろう。

同じ中学出身。

同じクラス。

同じバスケ部。

間宮との仲を噂されていたことは否定しない。

でも、それは面白がってネタにされていたという感じ。

実際よりも大袈裟にまわりが騒いでいただけ。

男子達がその場を盛り上げるために、みんなの前でわざとひやかして遊ぶ。

カップル扱いを私達が反論すること前提でしていた、からかいの一種。その程度のもので。

マリカに説明しなかったのは、わざわざ言う必要もないと思ったから。

変にライバル意識を持たれたくなかったし、嫌な気持ちにさせたくなかった。

もし反対の立場で、自分が好きな人との仲を噂されてた相手からふたりの間に起こったことを告白されれば、表面上では笑っていても、かなり落ち込むだろうから……。

不安の種を植えつけるような真似はしたくなかった。

それに……。

いくら失恋したからといっても、楽しかった日々の思い出まで忘れたフリをすることは不可能で。

話の途中でボロが出てしまうこと、言い訳に聞こえてしまうことを恐れていた。

まぁ、最初のタイミングをうまくつかめず逃してしまった時点で、話すきっかけをなくしてしまったというのも事実だけど。

アルバムをめくれば、写真の中の私はいつだって間宮の隣にいて、満開の笑顔を浮かべているのに。

大きくもなく小さくもない。

ほんのわずかなすれ違いに、私は身動きが取れなくなっている。


五月中旬。

ゴールデンウイークも終わり、高校生活にもすっかり慣れた頃。

放課後、掃除《そうじ》当番のじゃんけんに負けた私はゴミ箱を抱えてゴミ置場に向かっていた。

「青」

その帰り、昇降口にいたケンちゃんに呼び止められた。

部活に行く途中なのか、ユニフォーム姿で、大きなスポーツバッグを肩に掛けている。

彼は私が振り向くと大きく手を振り、鞄を地面に置いてこっちまで駆けてきた。

「今から部活？」

「おう。つーか、突然だけど明日ってなんか用事あったりする？」

「土曜日……は特になにもないかな」

「じゃあさ、オレらと一緒に神社のお祭り行かね？」

「お祭り？」

「部活終わった後にみんなで現地集合して、出店見て回る予定なんだけど」

野球帽《ぼう》のツバを押さえ、私の返事を待つケンちゃんは、めずらしくそわそわしているというか、落ち着かない様子でしきりに足を動かし、地面に円を描《か》いている。

瑞希ちゃん伝いに聞いた話だけど……、ケンちゃんが私のことを心配してくれていたらしい。

そのこともあって、彼の気遣いに心が温かくなった。

普段は大雑把な性格だけど、友達のことでは誰よりも親身になるケンちゃん。

直接的に聞くのではなく、それとなく様子を窺いながら、彼なりの方法で元気付けようとしてくれる。

「……うん。行こうかな」

気分転換を兼ねて、久しぶりに遊びにいくのもいいかもしれない。

テストの関係でしばらく自粛《じしゅく》していたし。

お祭りが好きな私は、指で丸をつくってオーケーした。

「よっしゃ。したら詳しい待ち合わせ時間とか、後で連絡するわ」


そして、お祭り当日の土曜日。

神社の鳥居に午後七時集合となっていたのだけど、予定よりも早めに着いてしまった私は、ひと足先に会場を見て回っていた。

今日の格好は、デニムサロペットにTシャツと半袖カーディガンを合わせた、ラフなスタイル。髪形も動きやすいよう高い位置でポニーテールにして、靴は歩きやすいスニーカーを履いてきた。

夕日が沈んで藍色《あいいろ》に染まりつつある空の下、縁日《えんにち》にはたくさんの人々が訪れ、がやがやと賑わっている。

敷地《しきち》を埋《う》め尽くす、大勢の人混み。

必然的に歩く道幅が狭《せば》まり、すれ違いざまに肩がぶつからないよう注意する。

入り口から境内までズラリと並ぶ出店の数々。わた飴《あめ》、たこ焼き、りんご飴。スーパーボールに金魚すくい。くじ引きや、飲食系の屋台と、いろいろな種類の店が入っている。

奥の方ではカラオケ大会が行われているみたいで、お婆《ばあ》ちゃんのこぶしのきいた演歌が、ギャラリーの手拍子《てびょうし》付きで聞こえてきた。

「懐かしいなあ……」

去年の今頃、隣町の総合体育館でバスケの試合があった帰り道。

『近くでお祭りやってるらしいけど、行くか？』

と間宮に誘われ、ふたりでこの神社に寄ったことを思い出す。

当初は女子部員と回る予定だった。

でも、みんなが気を利かせて「行っておいで」と私の背を押してくれた。

間宮は歩くスピードが速くて。

置いていかれないよう必死に早歩きして。

息切れするわ、緊張し過ぎてうまくしゃべれないわで半分泣きそうになった覚えがある。

だけど、人混みではぐれかけた時。

間宮は私の手を引いて「悪い」と謝ってくれた。

「歩くスピード違うの気付いてなかった」と、申し訳なさそうに苦笑して、気が付けば、私の速度に歩幅を合わせてくれていた。

灯りのせいだけじゃなく、間宮の顔が私と同じくらい赤くなっていて。

はぐれないためだってわかっていても、繋《つな》いだ手に神経が集中してドキドキした。

甘酸っぱいなあ、と我ながらかゆくなる。

間宮にとっては特別な意味なんてなくて、私が勝手に記憶《きおく》を美化しているだけかもしれない。

それでも、嬉しかった気持ちは、心にちゃんと刻まれて、大切に残っている。

たこ焼きを半分こずつして食べたなあ、とか。

間宮に買ってもらった、りんご飴の味とか。

射的で取ってもらった景品とか……。


「あ」

考えごとをしながら歩いていると、いつの間にか射的の店の前まで来ていた。

店のおじさんと目が合い「一回やってかないかい？」とにこやかに声をかけられる。

どうしようか迷うそぶりを返し、その場に止まると、カーディガンのポケットからスマホを出して、画面を確認した。

よし。まだ誰からも連絡が入っていない。

せっかくだし、時間潰しにやっていこうかな。

念のため、現在地をメッセージに入力して、グループのみんなに一斉送信。

これでひとまず困ることはないよね。

「おじさん、一回」

小銭を手渡し、交換でコルク銃《じゅう》を受け取る。

どれを狙《ねら》うかな。

散々悩み、中央の段の右端に飾《かざ》られた商品に狙いを定めることにした。

それは、うさぎのぬいぐるみのストラップ。もこもこの生地の白うさぎが、胸にハートのクッションを抱えていてとってもかわいいかったのと、どことなく、リトラビのマスコットキャラに似ていて、ひと目惚れしたから。

「あーっ……」

銃口にコルクをはめて一発目を撃《う》つも、景品にかすりもせずあえなく撃沈。続けて、二発目三発目と空振りが続き、届きそうで届かない距離にイライラしてきた。

浮かない顔をする私に「おしいね～」なんて、顎ひげを撫でつけながら、本心とは別の言葉を口にするおじさん。失敗して、明らかに嬉しそうなんですけど。

「はい、ラスト一回」

意地になる必要はないけど、ここまでくるとどうにか当てたくなる。

どの角度から狙うべきか必死に考えていると、スッと後ろから誰かに銃を奪われた。

「なっ……」

いきなりのアクシデントに声を上げる。

抗議《こうぎ》をしようと顔を上げて、言葉をなくす。

なぜなら、そこにいたのが——間宮、だったから。

「まともに真ん中狙っても当たんねえから、角狙えって前に教えただろ」

片手で銃を持ち、身を乗り出して長い腕を伸ばす間宮。

至近《しきん》距離から狙い撃ちの体勢に入り、なんの躊躇もなく引き金を引く。

パンッと響く発砲音《はっぽうおん》。

見事に弾《たま》が一発で命中し、景品が後ろに倒れて地面に落ちる。

一連の流れがあっという間すぎて、瞬《まばた》きすら忘れていた。

「ほら」

間宮は人を小馬鹿にするようにはっと鼻で笑い、ストラップの入った袋を私の額に押し当てる。

「お前、相変わらず下手くそな」

私をわざと挑発して怒らせる、中学時代の間宮が目の前の彼と重なって。

あまりにもタイミングが良すぎて、都合のいい夢でも見ているのではないかと思ったほど。

「……ぁ、りがとう」

きちんとお礼が言いたいのに、声が全然出ない。

ストラップを受け取る手も震え、私服姿の彼を呆然と見つめていた。

重ね着のタンクトップに黒いカーディガン、腰ばきジーンズに革靴を履いた間宮は、制服の時よりもぐっと大人びて見える。

首元には、シルバーチェーンのネックレスが光っていて、思わず首筋に目を奪われる。男の人の喉仏や鎖骨って、なんでこんなに色っぽいんだろ。

……って、変態か私は。

「待ち合わせ？」

「う、うん。クラスの子達と」

まさか今日会えるなんて思っていなかったから、どうしよう。

手鏡。前髪乱れてないかな。

服装も動きやすさ重視で女の子っぽくないし。

せめて、靴だけでもパンプスにすればよかった。

なんて、私がアレコレ考えていると。

「水野。ちょっとの間ここにいてくんない？」

「え？」

「すぐ戻ってくるから」

「ちょっ……」

理由を聞く間もなく、間宮は混雑する人波へ消えていく。

目で追おうとしたけれど、すぐに見失ってしまった。

ぽつん……。

その場に取り残された私は、行き場のない手を宙に浮かせた状態で立ち尽くす。

ひとまず、ここにいればいいのかな？

言われたとおり間宮が戻ってくるのを待っていると。

「やる」

彼は五分もしないうちに再び現れ、私にあるものをくれた。

間宮の手に握られていたのは、

「りんご飴……？」

「去年来た時、コレ好きだって言ってたから」

私の前に飴を突き出し、にんまり笑う間宮。

まさかこんな、不意打ちすぎるサプライズ。

「覚えてて……くれたんだ」

もう、てっきり忘れられてると思ってた。

ふたりで来たことも、過ごした時間も。

ましてや、私の好きなものまで覚えていてくれたなんて。

「ありがとう」

ストラップに続いて二度目のお礼は、素直に感謝の気持ちを込めて伝えられた。

自然と笑顔が広がる。

偶然でも嬉しかった。

一瞬でも、昔に戻れたみたいで。

この時、私は錯覚しかけていた。

これは紛れもない現実だって、理解していたのに。

「そういえば間宮は誰と来て——」

「青ーっ！」

質問の途中で名前を呼ばれ、反射的に声のした方へ振り向くと、そこには制服姿のケンちゃんがいた。

野球で鍛えたという声帯はかなりの大ボリュームで響き、正直、公衆の面前で叫《さけ》ばれるのは恥ずかしい。

私と目が合うとケンちゃんはにこにこ顔で手を振り、肩に掛けたスポーツバッグが人にぶつからないよう注意しながらこっちへ歩いてくる。

「……じゃあ、俺行くわ」

　ケンちゃんと入れ替わりになる形で間宮が去り、楽しいひと時も終わりを迎える。

　シャボン玉が割れるようなあっけなさで、さっきまでのふたりの笑顔も消えてしまい、切なくなった。

「あ……っ」

　呼び止めかけて、はっとする。

　私、今なにを言おうとした？

　伸ばしかけた手を引っ込め、深いため息を漏らす。

　ケンちゃんと付き合ってるって誤解されたかもとか、慌てちゃって馬鹿じゃないの。言い訳するような関係じゃないくせに。

「待たせて悪い！　予定よりも練習が長引いちまってさ〜。てか、あれ？　瑞希達は？」

　間宮の存在に気付かなかったのか、ケンちゃんは両手を合わせて、ごめんとポーズをつくりながら私の隣に並ぶ。ついさっきまで間宮がいたポジションに。

「瑞希ちゃん達からは、まだ連絡きてないよ。一応連絡しておいたけど……。あ、待って。返事きてる」

　スマホを見ると、新着メッセージが三件届いていて、その全部が同じ時刻に受信されていた。

送信主は瑞希ちゃん、佐藤君、ノッチの三人で、三件共、示し合わせたように同じ内容。

「『急用ができたので、お祭りはふたりで楽しんできてね（笑）』……だって」

「はっ？」

「いや、なんかこう来たんだけど……」

スマホを見せると、なぜだか急にケンちゃんは黙って、ぷるぷると肩を震わせだした。

顔を覗き込むと、耳が真っ赤。

どうやら、激しく動揺しているみたい。

「……っアイツら」

「ケンちゃん？」

「あー……、まあ、せっかくだし。その、アレですか。ふたりで回っとく？」

はあ、と息を吐いて脱力《だつりょく》するケンちゃん。

無造作に頭を掻き、私の目線に合わせて背をかがめてくる。上目遣い《うわめづか》でじっと見つめられて、なんだか私の頬まで熱くなった。

ふたりきりの状況を変に意識してしまい、急に緊張してしまう。

ケンちゃんも同じで、顔がトマト色になっている。

いつもみたく冗談を飛ばしてくれれば『ノリ』でいけるのに、どうしたらいいんだろう。

会場には、まだ間宮がいる。

もし、またふたりでいるところを目撃されたら、完璧に誤解される。

でも。

だからなんだっていうの？

私は間宮にどう思ってもらいたいわけ？

「……うん。行こっか」

そわそわと返事待ちするケンちゃんの腕を軽く叩き、にっかりと笑う。

「部活帰りで直行したんだもんね。お腹空《す》いたでしょ？　先になにか買って食べよう」

大丈夫。

私はもう勘違いしたりしない。

「じゃあ、お言葉に甘えて。マジ腹減りすぎて死にそうなんだわ」

ケンちゃんがお腹をさすると『ぐきゅるるる……』と盛大な音がして、私達は思わず顔を見合わせて爆笑した。

「ぷっ……くく、タイミング良すぎ……っ」

「ちょ、青さん？　そこまで笑われると地味に恥ずかしくなってくるんですけど」

「だってケンちゃんが……ふふっ」

笑いをこらえようと口を真一文字に閉ざしてみたけど、駄目だ。わなわな震えて、すぐに噴き出してしまう。

うん。やっぱりケンちゃんといると楽だな。

深刻にならずにいられる。すっと呼吸が楽になる。

「よっしゃ、したら順番に回ってくか」

「うんっ」

笑顔でうなずき、私達は会場の端から端まで屋台を順々に見て回った。


「おっ。たこ焼き食いてぇ。青も食べるか？」

「うん！」

「あと、ケバブだろ。焼きそばだろ。クレープも食って、その前にトロピカルジュース！」

「ていうか、ケンちゃん食べすぎっ」

ケンちゃんの腹ごしらえを済ませた後は、ヨーヨーすくいや型抜きに熱中し、童心に返ってたくさん遊んだ。

初対面の相手でも気軽に話しかけられるケンちゃん。

そんな彼は、お店の人ともすぐに親しくなってしまう。

そのおかげ(?)で、たこ焼きの数をサービスで追加してもらったり、釣《つ》るのに失敗したヨーヨーを「好きなの持ってきな」と特別にプレゼントしてもらったり。

自然とまわりをそうさせてしまう彼の人柄に、私は感心していた。

ケンちゃんには、一緒にいる人達を笑顔にさせてしまうような、そんな不思議な魅《み》力《りょく》があるのかもしれない。

すっかり空が暗くなり、時刻も夜の八時を回った頃。

もうそろそろ帰ろうか迷っていると、上空からドォ……ンと轟音《ごうおん》が響きだして。

次の瞬間、漆黒《しっこく》の夜空に大きな花火が打ち上がった。

「お。始まったか」

一発目を合図に、連続して色とりどりの輝きを放つ。

明るい光に照らされながら、私は花火に見とれた。

「綺麗……」

「場所移動するか? 境内の方が河原に近くて見やすいかも」

「そうだね」

「じゃあ、こっちついてきて」

コクリとうなずき、転ばないよう注意しながら、空を見上げて歩く。

けれど、心が弾んだのは一瞬で。

境内のすぐそばまで来た時、私の視界は、夜を彩《いろど》る輝きとは反対に、真っ暗になってしまった。

ピタリと足が止まり、喉がぐっと押さえつけられたかのように息苦しくなる。

五メートル程度の距離を空けて、前方に立つ見慣れた顔ぶれ。ふたりを見た瞬間、思考が止まって、それ以上前に進めなくなる。

大勢の人々が集まる賑わいの中、自分だけが、音のない世界に閉じ込められたように、静寂の中に佇《たたず》んでいる。

私の目はセンサーなのかもしれない。

シルエットだけで相手を判別し、アラームを鳴らすセンサー。

この無意識の習慣に、今までの私は何度も胸をときめかせてた。

どこにいたって、彼を見つけられた。

姿を見るだけで嬉しかった。

幸せだった。

でも、だからこそ、今、私は苦しい。

目の前に並ぶひと組の男女。マリカと間宮のツーショットを目撃して、私は激しく動揺している。
「どした、青？」
急に立ち止まった私を気にして、ケンちゃんが振り返る。
「青……？」
髪をアップにしてピンク色の浴衣《ゆかた》を着たマリカは、とても可憐《かれん》。
私なんかと比べものにならないくらい女の子らしくて。
絵になるような美男美女。
しっかりと繋がれたふたりの手と手。
どれだけ焦《こ》がれても並ぶことの出来ない『隣』。
間宮の、隣。
私の欲しかった居場所。

──俺はアイツのそばについていてやらなきゃいけない。
脳裏をよぎったのは、先日の電車の中での記憶。
私の肩に頭を預け、瞳を閉じて「マリカのそばにいる」と呟いた間宮の言葉。

──水野。具合悪いのか？

高校に入学して、初めて口をきいたカラオケでのハプニング。

間違って運ばれてきたお酒を飲んでしまい、具合が悪くなった私を誰よりも先に介抱してくれた間宮。

夕暮れの温かなオレンジ。

「ありがとな」って私の頭を軽く叩いた手のひら。

自転車で送り届けてくれた後、家の前で仲直りをした瞬間。

——俺が言える立場じゃないけど、水野のことは素でいい奴だと思ってるし。お前とふたりでしゃべるのも、すげぇ楽しいからさ。

——お前はくれんの？　今年。

——俺、今年はひとつしかもらうつもりねぇから。

馬鹿みたいに期待していた二月。

まだ寒い冬の日、コンビニで肉まんをおごらされ、文句を言いながらもふたりでいられることに幸せを感じて、間宮が口にする言葉のひとつひとつに意味を持たせようとしていた。

好きな人は誰って聞いたら「そこは自分で考えて」って言われて、もしかしたら自分かもしれないなんて勘違いしそうになって。

浮かれて。


「……ふ」

好きだった。

「……っ、ぁ」

……好きだった。

中学三年間、本気でずっと好きだった。

涙腺に込み上げる熱い滴《しずく》。

喉が焼けるように熱くて、うまく息が吸えなくて。

滲みだす視界。

大粒の涙が頬から顎先へ滑《すべ》り落ち、ぼたぼたと地面に染《し》み込んでいく。

「……っ、うぅ……っ」

唇を噛み締め、ぎゅっと目をつぶる。

泣くのをこらえようとすればするほど、嗚咽《おえつ》が止まらなくなり、片手で目元を覆った。

『私……、また前みたく間宮と話したい』
あの時、そう言った気持ちに偽《いつわ》りなんかなかった。
なかった、はずなのに。
間宮はマリカの好きな人だから。
私は、もう終わった恋だから。
たくさん自分に言い聞かせたはずなのに。
こんなたった一瞬の出来事が激しく気持ちを揺さぶって、嘘つきな私の本音を暴《あば》く。
友達に戻るなら未練を捨てて、完璧にあきらめなくちゃいけなかった。
時間が忘れさせてくれる。
いつかまたほかの人に恋をして、思い出になる時がくる。
失恋なんてそんなものなんだろうけど、でも。
つらすぎる今は、どうすればいいの?

こんな気持ち、認めたくなんてなかった。
事実を受け入れたフリして、嘘ばかり重ねてきた。
連続して打ち上がる花火。
満天の星空の下、はっきりと自覚してしまった想い。

同時に「もう限界かもしれない」とくじけそうになって涙を流す。

――水野とは付き合えない。

――ごめん。

認めて初めて思い知る。

バレンタインに失恋した瞬間から、これっぽっちも脈のない片想いを続けていたということに。

痛む胸が教えてくれる。

私は、まだ間宮のことが好きなんだと。

中学の頃から変わらず、ずっと。

ずっと……。

告白

私はズルイ。

自分から告白しておいて、結果が駄目だったからって逃げ道を用意した。

ノーカウントにしてってごまかしたり、また普通に話したいと自分の都合を押し付けて、失恋のダメージを最小限に抑えようとしていた。

私は間宮の特別にはなれない。

それなのに、どうしようもなく引きずって。

優しくしてくれるのは友達だから。

思わせぶりな態度や言動に意味なんてないこと、ちゃんとわかってるから。

勘違いするな、私。

今度こそ、本当に間宮のことを吹っきらなくちゃ。


パタン……。

お祭りで間宮からもらったストラップを、引き出しの奥にしまう。

それから、机に飾っていたフォトスタンドを手に取った。

バスケ部のみんなで撮《と》った集合写真。私と間宮は一列目の真ん中に隣同士並んで、笑顔でカメラに向かってピースしている。

夏の県大会前で、合宿の最中に顧問《こもん》の先生が記念に撮ってくれた、思い出の一枚。

間宮を好きでいることが当たり前で、受験は憂鬱だったけど、毎日が楽しくて仕方なかった頃。

部活も恋も友情も。すべてが充実《じゅうじつ》して、満たされていた日々。

「……ばいばい」

写真の上をなぞり、私はそっと目を閉じた。

瞼の裏に浮かぶ、手を繋ぐ間宮とマリカのツーショットに胸を痛ませて。


あの後。

突然泣きだして、なにも話せなくなった私を、ケンちゃんが家まで送り届けてくれた。

せっかくの楽しい雰囲気をぶち壊《こわ》しにして申し訳ない気持ちと、特別なにがあったか聞くわけでもなく、黙ってそばについていてくれたケンちゃんの優しさには感謝しかない。

誰かに事情を話せば少しは楽になれるのかもしれない。

でも、間宮のことがまだ好きだということを、人に知られたくなかった。

あきらめもつかず、友達以上に見てもらう努力も出来ない。

どっちつかずの状態で相談するのもどうかと思って。

心配してくれる友達にも打ち明けられないでいた。

ただひとつ。

お祭りの日を境に変わったことといえば——。


「学校祭実行委員は、モリケンと水野さんでいいと思いまーす」

六限目のホームルームで、七月に行われる学校祭の委員決めをしていたら、立候補者に挙手する人はゼロ。

仕方なく、推薦《すいせん》したい人がいないか先生が訊ねると、明らかに悪ふざけで、私とケンちゃんの名前をあげた男子が席から立ち、

「賛成の人、拍手ーっ」

と、にやにや笑いながら、教室全体を見渡した。

すると、一部の男子達もひやかし半分で口笛を吹き始めて。

面倒な係を避けたいほかのクラスメイトもそれに便乗し、パラパラと拍手し始めた。

「森田、水野。引き受けてくれるか？」

早く委員決めを終わらせたい担任からも、熱い眼差しを送られて絶句する。

空気的に拒否権をはく奪された私は、否応なしに受け入れざるをえなくなった。

というよりは、ケンちゃんが先に、

「俺はいいっスけど」

とうなずきこっちを見てきたから、断りにくくなってしまったというのが真相。

ふたり共オーケーしたことで、クラスがどっと盛り上がる。

「ひゅーひゅー♪」

「さすが、今一番熱いカップル」

「やっぱデキてんじゃん、アイツら」

からかいも最高潮に達し、思わず頭を抱えてしまう。

　ことの始まりは先週の土曜日、ケンちゃんとふたりでお祭り会場にいたところを、複数の同級生に目撃されていたのがきっかけだった。

　先輩を含めて、校内で人脈の広いケンちゃんは、学校ではわりと目立った存在で、密かにモテたりしている。

　男子からは、ノリのいい奴。女子からは、面白くてカッコいい。先輩方からは気がきく楽しい後輩として、多くの人達に好かれているケンちゃん。

そんな人気者なケンちゃんだけに、噂が広まるのも早くて、あっという間に私達は、学年公認のカップル扱いされていた。

否定すればするほど、周囲はその反応を面白がって私達をからかってくる。そのたびに、いちいち説明するのも疲れるので、最近は特に反論することなく、『勝手にして』と黙り込むことにした。

ほとぼりが冷めるまで待つか。親しい子にわけを話して、地道にでっちあげだと理解してもらうか。

いずれにせよ、今は耐《た》えるしかない。

ケンちゃんにも、迷惑《めいわく》をかけているみたいで申し訳ないし、早く噂がなくなってほしい。

それに……。

ため息を漏らし、チラリとひとつ空いている席を盗み見る。

いまだ休学中で登校してこないマリカ。

久々にお祭りで見かけた時は、元気そうに見えたのに。

実際は、あまり体調が良くないのかな……？

お見舞いに行きたいけど、マリカが病気のことを隠したがっている以上、病室まで訪ねるわけにもいかず……。

私なりに彼女になにをしてあげられるか考えた。

簡単なことだけど、授業のノートのコピーを取るとか。習ってないところでもわかりやすいように、解説メモを添えて綺麗にまとめることにした。

テスト対策に配られたプリントも、コンビニでコピー。空欄《くうらん》のものと赤ペンで答えを記入したものとで教科ごとに二部ずつ作って、マリカが自習しやすいようにした。

ほかにも、マリカがひとりで退屈しないようレンタルで借りてきたアルバムを録音したり、オススメの漫画を探してみたり。それらを手紙と一緒に間宮に届けてもらい、彼女が復学する日を待っていた。

余計なお世話かもしれないけど、マリカのことは放っておけない。

偽善者に見られても構わない。

それぐらい、私にとっては大事な友達のひとりだから。

だから。

気持ちに整理をつけたら、一番先に彼女に伝えにいかなくちゃいけないことがある。

「えー、本日集まっていただいたみなさんで、学校祭に向けて活動していってもらいます。一応、自己紹介ということで、一年生から順にお願いします」

予想外の出来事が起こったのは、学校祭の実行委員会が初めて行われた日の放課後。

一階のミーティングルームに全学年の委員が集合し、今後の日程が書き込まれたプリントと、ホワイトボードを見比べながら、委員長の説明を聞いている。

座席は以下のとおり。四人ひと組の長机が学年ごとに三列に並べられ、A組とB組は向かい合う形で先頭の机に席が配置された。

私はホワイトボードに近い方に座り、ケンちゃんは私の左隣に座っている。

問題はここからだ。

なんと、A組の実行委員に間宮がなっていたようで、私達と同じ机を囲んで座っている。これは非常に気まずい。

間宮には、お祭りの日にケンちゃんと待ち合わせしてるところを見られて、誤解されているかもしれないし。

ケンちゃんには、花火の時の号泣を『なんでもない』とごまかして、詳しく説明していない。

いったいどうしたらいいんだろう？


「……お、青」

いろいろと考え込んでいると、ケンちゃんに名前を呼ばれて、我に返る。

「自己紹介、青の番だぞ」

ふと右側を見ると、ホワイトボードの前に立っていた実行委員長、副委員長、書記の三人がじっと私の方を見ていて……。

「えっ」

――ガタンッ。

椅子を後ろに引いて慌てて立ち上がる。が、勢いあまった反動で、お腹が机にぶつかってしまった。

うぅ。

激痛が走り、顔を顰める。

全員の視線が一斉に集中して恥ずかしい。

クスクス笑われて、顔中がかあっと熱くなった。

「――次、一年B組、お願いします」

コホンと咳払《せきばら》いをひとつして、実行委員長が自己紹介を再開するよう促す。

「す、すみません……」

ぺこぺこと頭を下げる私に、間宮は口パクで「ばぁか」と呟いた。机に肘《ひじ》をついて手に顎をのせ、意地悪そうに口角を持ち上げ、にんまり笑っている。

「……っ」

人の気も知らないで、この男は。
私が間宮のことを睨んでいると。
「青、早く挨拶しろよ」
隣にいたケンちゃんに、低い声で注意された。
そうだ。私の番だった。
「一年B組の水野青です。よろしくお願いします」
体を後方に向けてお辞儀をすると、パラパラと拍手が起こる。
私が席に着くのと入れ替わりに、次はケンちゃんに順番が回った。
「……一B、森田」
投げやりな口調で苗字だけを口にして、頭も下げずにどかりと腰を下ろすケンちゃん。
いつもなら冗談交じりに挨拶して、自分からみんなの笑いを取っているのに。
今の態度は、どう見ても彼らしくなくて違和感があった。
真顔というよりは眉間《みけん》に皺《しわ》を寄せて、どこか怒ったようにも見える表情。
椅子の横に両手をぶらんと垂らし、不機嫌そうに黙り込む。
そんなケンちゃんが気になって、私はちらちらと横目で彼を盗み見た。
委員会の最中だから、話しかけることは出来なかったけれど。

変な引っかかりを感じて、気にせずにはいられなかった。

「あのさ、話あるんだけど」

全クラスの自己紹介が終わり、大まかな役割分担の振り分けをして解散した後。

配布されたプリントに目を通していた私に、ケンちゃんが声をかけてきた。

ミーティングルームから人がぞろぞろと出ていく中、真剣な目で「今大丈夫?」と聞かれて、私は首を縦に振った。

なにかあったのかと心配していたところだし、相談に乗れるなら聞いてあげたいと思ったから。

「……まずは移動するか」

机に手をついて立ち上がるケンちゃん。

私も椅子を後ろに引いて席を立とうとした時。

ふと、違う方向から感じた視線。

部屋の入り口に目を向けると、そこには、ドアノブに手を掛けて、なにか言いたげな様子でこっちを見ている間宮がいた。

「まみ……」

「行こう」

目が合ったのは一瞬。

視界を遮るようにケンちゃんが私の前に立ち、次に顔を上げた時には、間宮はすでにいなくなっていた。

やっぱり、気のせいか……。

首を振りつつ、間宮がまだ近くにいるかもしれないと意識している自分もいて、我ながら懲《こ》りないなあって呆れる。

自意識過剰。一喜一憂《いっきいちゆう》して後で落ち込む癖も、いい加減直さなくちゃ。

「ひとまず、教室に戻ろうか。鞄取りにいきたいし」

「ん。ついでに、そこで話すわ」

「うん……?」


教室に戻ると、タイミング良く生徒は誰もいなかった。

「青の席でいいか」

ケンちゃんが前の座席から椅子を引っ張り出し、机を間に挟んで、向かい合うように座る。

――サァ……。

後ろの窓が開けっ放しのままだったらしい。風が吹くたびにカーテンの裾がひるがえり、私の横髪をさらっていく。

夕暮れの日射しが差し込む室内。温かなオレンジ色に包まれる中、外からは、野球部らしきかけ声と、バットにボールが当たる金属音が聞こえてきて。

あれ。そういえば。

「部活に行かなくて大丈夫なの？」

疑問に感じたことを、即座に訊ねる。

「あー……、うん。後から顔出すわ」

「？　そっか……」

「………………」

練習熱心なケンちゃんにしてはめずらしいな。

話があると言われたものの、ケンちゃんは、ずっと黙りこくったまま、俯きがちに首の後ろをさすっている。

さっきまでの不機嫌オーラは消えたみたいだけど、無口なケンちゃんだと調子が狂う。

「風強いから窓閉めるね」

沈黙に耐えかねて席を立ち、開いている窓を閉めてカーテンの紐《ひも》をくくった。

黒板の上にある壁時計の秒針がチクタクと音を刻み、私達の間に流れる静寂を物語る。

ここは、なにがあったのか私から話を振るべきなのかな。

深刻そうな感じにも見えるし、自分からは言いにくい内容なのかもしれない。

団体で遊ぶことはあっても、男の子から真剣な相談を受けたことってないんだよね。

どうするべきか迷っていると、夕方の五時を告げるチャイムが校舎に響き渡った。

「——あのさ、単刀直入に聞くけど、青はアイツのことが好きなの？」

窓の外を見つめていた私は、質問された意味がわからず、ゆっくりとケンちゃんの方に振り向く。

「A組の、間宮」

——……ン、コーン……。

「入学した時から一部の間で結構有名だよ？　ふたりが中学ん時に両想いだったって噂」

——カー……ン。

「青達と同じ中学の奴が言ってた」

チャイムが途切れ、再び訪れる空白。

息が詰まりそうになって、クラリと眩暈がした。

ケンちゃんは椅子に手をついて、上目遣いに真っ直ぐ私を見つめている。

「な、んで……？」

本音を見すかされるのが怖くて、とっさに目を逸らした。

笑ったはずなのに、口元が引きつっている。

掘り返してほしくない思い出を無理矢理こじ開けられたようで、嫌な気分だった。

だって、ケンちゃんの話が事実なら……。

どんな類の噂が流れていたのかは容易に想像がついた。

入学式から注目を集めていた間宮。

彼のことを知ろうとたくさんの女子が情報をかき集めていたのだろう。

そうして、中学時代の私達の話を知ったのかもしれない。

そうなると、次に注目されるのは――必然的に、間宮と一緒にいるマリカになる。

いつも行動を共にしていた私とマリカ。そのふたりとそれぞれに噂された間宮。

相関図で表せば、複雑な三人の関係を、周囲はどう見ていたのか。

面白半分に吹聴《ふいちょう》され、好き勝手に話が膨らんでいたに違いない。

体育で倒れる直前、マリカは言った。

『マリカね、噂でいろいろ知ってるの。京ちゃんと前に噂されてた相手のことや、ふたりの関係性を』

つまり、マリカは全部わかっていたんだ。

知っていて、私の前で平気なフリをしていたとしたら……。

さっと顔が青ざめ、血の気が引く。

私、最低だ。

マリカに余計な気を使わせたくなくて黙っていたことが、裏目に出てしまうなんて。

「……ほら。アイツのことが絡むと青はすぐ顔に出る」

――カタン……。

机に手をついて立ち上がり、ケンちゃんが私の前まで近付いてくる。

自分でも気付かなかった。無意識のうちに奥歯を噛み締め、こぼれ落ちそうになる涙をこらえていたこと。

「初めの頃はアイツが近くにいるとやたら緊張して強張ってる青のことが不思議だった。普段、オレらといる時は笑ってるイメージしかなかったから」

不安げに揺れる瞳。

確信を突かれての動揺。

「でも、お祭りで泣いてる青見て、鈍いオレでも勘付いちまったっていうか。……あの時もオレらの前に間宮がいたし」

「……ちが」

「その前も、りんご飴もらってめちゃくちゃ嬉しそうにしてる青のこと偶然目撃して。

待ち合わせ場所で名前呼ぶの本気で迷った」

「違うよ、あれは」

「否定しなくていいよ。見ててバレバレだから」

サイドの髪を耳にかけようとしたら、ケンちゃんに手首を掴まれて、上から見下ろされた。

「……ほかの奴は気付いてないかもしれないけど、少なくともオレにはわかるから」

目と目が合って、どうしても逸らせなくて。

感じ取ったのは、デジャビュ。

……知ってる。

私はこの、空気が変わる一瞬の重みを知っている。

「痛いよ、ケンちゃん」

「うん」

「痛いよ、離して」

「嫌だ」

ぐっと頭の裏を押さえつけられ、ケンちゃんの胸元に額がうずまる。

優しく髪を撫でられて、不覚にも大粒の涙がぼろぼろとこぼれ落ちた。

「……っ」

「だってこうでもしなきゃ、青はまたひとりでため込んで泣くじゃん?」

鼻をすする。首を振る。

違うと言いたいのに、図星をつかれて言葉が出ない。

「そういう性格なんだろうけど、オレは……放っておけないから」

相手に自分の気持ちを伝えることの怖さや覚悟《かくご》。

「青」

名前を呼ばれて肩が震えた。

背中に回された腕がきつく私を抱き締めて、思わず目を丸くする。

「入学式の朝、電車で初めて会った時からずっと気になってた」

耳元で囁かれた言葉は、あまりにも唐突《とうとつ》で。

予想外の告白に、頭の中は真っ白に染まりだす。

「返事はまだいらないから、これから少しずつオレのこと考えてみて……。それで、出来れば」

耳の付け根まで真っ赤にして、彼は言う。

「友達以上に見てほしい」

と。

いろんな感情がマーブル模様に渦巻《うずま》いて苦しい。

視界が滲んで、涙が出る。

告白する側。される側。

両方の切なさ。

繊細《せんさい》な気持ち。

抱えきれなくなった悩みがキャパオーバーして、泡《あわ》のごとく弾《はじ》ける。

追いうちをかけるように、廊下を歩く人の気配を感じて。

次の瞬間、ガタッと響いた物音。反射的に体を離して後ろ戸の方を向くと、そこには、がく然とした表情を浮かべる間宮がいて。

「……っ」

状況をすぐに判断することは不可能。

思考は完璧に停止状態のまま。

友達

その後のことは、記憶があいまいでよく覚えていない。

ケンちゃんの胸を突き飛ばして、教室から飛び出して。

全力ダッシュで校舎を後にし、その足で、ある子の家まで向かっていた。

電車でメッセージを送り、今から行っていいか訊ねると、五分もしないうちに返事がきてほっとする。

クラスが離れてから、前みたく一緒にいる時間は少なくなっていたけど。

こんな時、頼りになるのは中学時代からの親友。

マミしか浮かばなかった。


「どしたの、その顔!?」

そして、現在。

インターホンを鳴らして、一分後。

家の中から階段を下りてくる足音が聞こえて、マミが玄関のドアを開けてくれた。

赤く腫《は》れ上がった私の瞼を見て、マミがぎょっとする。

「ごめん、いきなり……」

鼻をすすって謝る私に、

「いいから、上がりな」

と、マミが強引に腕を引く。

「……ずっ、お邪魔します……」

玄関で靴を脱いでから、二階にあるマミの部屋に直行した。


「――で。いったいなにがあったわけ？」

冷蔵庫から持ってきたジュースをコップの中に注ぎ、ミニテーブルの上に置くマミ。ため息交じりに質問され、どこから話すべきか真剣に悩んだ。

間宮に告白してフラれたことすら、まだ打ち明けていないのに。全部話したら、かなりの長時間になってしまうのではないだろうか。

「とりあえず、なにがあったか順番に説明して」

マミはベッドの端に両手をついて腰掛け、足組みする。

私は座椅子にもたれかかり、体育座りの格好。背中を丸めて、膝頭に額をくっつける。下を向いたら、また涙が出そうになって。

「コレ使いな」

マミが渡してくれたティッシュボックスから、何枚か抜いて目元に当てた。

「……わ、私」

「うん」

「私……」

「…………」

「……っ私」

「私はわかったからさ。どうせまたいつもみたく、ギリギリまでため込んで爆発しちゃったんでしょ?」

「うっ……」

「付き合い長いし、それぐらい読めるから」

肩をすくめてため息を漏らすマミに、私はぎゅっと目を閉じて小さくうなずく。

その拍子に涙腺が崩壊《ほうかい》して、自分でも止められなくなってしまった。

「よしよし、先に思いっきり泣いときな」

ベッドから下りて私の前に回ると、マミが片手で背中をさすりながら優しく抱き締めてくれた。

温かい腕の中に安心した私は、まるで小さな子どものように泣きじゃくる。

そして、途切れとぎれに、二月の失恋から今に至るまでを説明した。

その間、マミは何度も私の頭を撫でて、相づちを打ってくれた。

それだけで馬鹿みたいに泣ける。

重たくのしかかっていたものが、ほんの少しだけ軽くなったような気がした。


事情をすべて聞き終えたマミは、ぶるぶると肩を震わせ、「意味がわからない！」と、テーブルの上に拳を叩きつけた。その反動でガタガタとテーブルの脚《あし》が揺れ、コップの中身がこぼれかけて、慌ててキャッチする。

「てか、なんなのその、マリカって女は⁉　昼ドラの台本じゃあるまいし、『京ちゃんは誰にも渡さない』とか、聞いててかゆいっつーの！」

「マ、マミ……？」

「それに間宮！　自分から意味深なこと言ってバレンタインチョコ要求してきたくせに、『ごめん』ってどういうこと？」

「あの、マミ、落ち着い……」

「普段からあれだけ、青に気ぃあるようなそぶり見せておいてさ」

「だから、それは」

「うちらのひやかしにも、まんざらでもなさそうだったし。マジで意味不明！　かなり腹立つんだけど」

しゃべるうちに怒りがヒートアップしたらしい。マミの顔がどんどん険しくなって、眉間に皺が寄っていく。

まさか、ここまで反応されるとは思ってなかったのでびっくりしていると、マミが私の手をぎゅっと包み込んだ。

「青も！　なんでそういうこと早く言わないわけ？」

「ご、ごめん……」

「話したからどうなるってもんじゃないかもしれないけど。でもさ、ひとりで我慢するぐらいなら相談してよ」

「あの頃、受験間近だったし……。それに、マミが応援してくれたぶん、申し訳なくて……」

「だから、そういうとこだっつの！」

みるみるうちに潤《うる》んでいくマミの瞳。手の甲《こう》に跳ねる、熱い滴。

「……昔っからさあ、青はなにかあると全部背負い込もうとするじゃん」

「…………」

「バスケ部の部長になって、チームをまとめるのが大変だって悩んでた時も。ぎりぎりまで自分を追い詰めて、パンクしてさ」

「うん……」

「青は真面目でいいんだけど、まわりに迷惑をかけないようにって頑張りすぎるところが極端すぎて、こっちはいつも心配して見てるんだよ」

私のためを思って、泣いてくれている友達の涙。

「アタシは口が悪いから平気で文句言えるけど、青はそうじゃないから。だからその分、青が怒れない時はアタシが怒るし、つらい時はいつだって支えになるから。相手の負担になるなんて思わないで、頼っていいんだよ?」

「マミ……」

「……それに、青がこんだけ悩んでたのに気付けなかった自分もムカつくし」

「そんなこと……」

「っていうか、青もなにかあったらすぐに言ってよ。今度から絶対ね。はい、返事は?」

「……はい」

ふたり揃って鼻を真っ赤にして。

肩に背負っていた荷物を半分下ろして。

「……本当、は」

「うん」

「本当はね、ずっとつらかったんだ」

「だと思うよ」

「間宮にフラれた時も、マリカの好きな人が間宮だってわかった時も……」

「……うん」

「ずっと、胸が苦しかった……」

ひりひりと痛む気持ちを隠して、平気な顔して強がっていた。

誰にも言えないと思った。

でも、そうじゃない。

本当は、誰かに話してすべてを受け入れるのが怖かったから。

臆病《おくびょう》で、弱気な自分をさらせずにいた。

けれど、今。

やっと正直な気持ちを親友に打ち明けられた。

本音を認めるための一歩が見えた。

申し訳なさとただ受け入れてくれたマミに、涙腺が崩壊しそう。

「ごめんね、マミ……」

「本当だよ。バカ青」

「…………」

「嘘だってば」

私の鼻をつまんで、マミがぷっと噴き出す。

「でも、いいよ。話してくれたから全部許す」

つられて私も笑う。

ありがとうって言葉でうまく伝えられそうにないぶん、マミの腕にぎゅっとしがみつく。

「今日はおばさんに連絡してこのまま泊《と》まってきな。その顔で帰るのも気まずいだろうしさ」

クラスが違うことや、部活で忙《いそが》しそうなマミに遠慮して、隠しごとを増やしてばかりいた。

だけど、不思議だね。

友達の笑顔ひとつで、こんなにも心強くなって、元気になれる。

味方だよって支えてくれる存在に、今どれだけ感謝《かんしゃ》しているか。

マミ以外にも、心配してくれている、瑞希ちゃんや、ケンちゃん。

みんなに、私は心の中で何度もありがとうと繰り返して涙をふいた。


マミの家に一泊した翌日。

その日から、期末テストや学校祭の準備期間が重なって、あわただしい毎日が始まった。

告白の件で多少気まずくはなったけれど。

「困らせるつもりはないから」

と普段どおりに接してくれるケンちゃんのおかげで、友情は壊れずにいる。

とはいえ、返事はいまだ保留のまま。中途半端《ちゅうとはんぱ》な関係が続いている。

断る理由を探しているのもあるし、ふたりきりになるのをわざと避けられているせいでもある……。

ケンちゃんは何事もなかったように明るく話しかけてくれるけど、本当は無理をしているのもわかっていた。

報われない想いを知っているからこそ、相手の反応に敏感になって、傷付けることに躊躇してしまう。

私は間宮に同じ思いをさせていたのかな。

そう考えると、ふさぎ込みたくなるけど。

過去の私と被るからという理由で、この問題からいつまでも逃げているわけにはいかない。

だから、勇気を出さなくちゃ。

嫌われても仕方がない勇気。

綺麗ごとだけで片付けたりしないように。

私は自分の中で、ケンちゃんに対する言葉を懸命に探している。


「垂れ幕と山車《だし》づくりについてですが、著作権に引っかかるキャラクターのデザインは即刻描きなおし。明日、再度提出するようお願いします。予算についても――」

本格的に忙しくなってきた七月初旬。

テスト週間が過ぎて、ほっとしたのも束の間、今度は、委員会の集まりが増えてあたふたしている。

初日に行われる仮装大会の打ち合わせや出し物づくり。

また、一般《いっぱん》の人達に公開する、二日目からの出店の準備。

作業の合間を縫《ぬ》って、合唱コンクールの練習。

ほかにも、委員で分担して進める制作物。

チケットやポスター。パンフレット。校門前に立てかける巨大な看板制作など、仕事の量が山ほどあって、息つく暇もない。

定期的に開かれる会議で、前よりも間宮と顔を合わせる機会が増えたけれど、ケンちゃんに告白されている場面を目撃されて以来、私が一方的に彼を避けてしまって、会話の回数が減ってきている。

理由は、ケンちゃんのいる前だから……。

私も好きな人がほかの女の子と仲良くしているのを見て傷付いてきたから、相手に無神経なことはしたくなかった。

「……以上、各クラスごとに担任の先生と相談して決めてきてください」

実行委員長が解散を告げると同時に、昼休み終了のチャイムが鳴って、全員が席を立つ。

私もホワイトボードに書き込まれた必要事項を素早くメモ帳に写し終えると、ミーティングルームから出て、ケンちゃんとふたりで教室に向かった。

「オレらのクラスが着る衣装《いしょう》、三Dとテーマが同じだから、やりなおした方が良くね?」

「シンデレラがふたつあるのは、さすがにまずいよね。クオリティの面でも最初から差がつくし。後で先生に相談しにいくよ」

「わかった。つーか、青にばっかり放課後の仕事任せててごめんな」

「ううん、私は平気だから気にしないで。それよりケンちゃんの方こそ野球部の試合が近いんだから、無理しないでね」

「……サンキュ」

一年生からただひとりスタメン入りして、来週の試合に出ることが決まったケンちゃん。

近頃は練習漬けで、毎日ぐったりしている。

雨が降る日以外は、早朝の六時に登校して毎日朝練。

日中は学校祭実行委員の仕事をして、放課後は部活へ直行。

帰宅してからも、ランニングと自主トレを欠かさず行っているらしい。

こっちが心配するくらい、ハードスケジュールだ。

ふたつのかけ持ちだけでも大変なのに、本人は「全然余裕」って平気なフリして、まわりに心配をかけさせないようにしている。

机に頬杖《ほおづえ》をついてしんどそうにため息をついていたり、眠たそうに目元をこすっているところを時々見かけるけど、相当疲れがたまっているって、見ていてわかる。

だからこそ、私なりに少しでもケンちゃんの負担が減らせるよう、委員の仕事を引き受けて協力したい。

今は、ケンちゃんにとって、試合前の大事な時期だから、余計なショックを与《あた》えるようなことはしたくない。

保留にしたままの返事も、試合が終わってから伝えるつもりでいる。

それからの日々は、輪をかけて忙しかった。

学校祭まで残り十日を切ると、午後からの授業がすべてカットされ、その時間が準備期間にあてがわれる。

校内は活気に溢れ、本番が近付くにつれてますます賑わってきた。

普段は違うグループの子達とも、作業を通して話すうちに親しくなったり。

最初はサボリ気味だった男子も、少しずつ協力して手伝ってくれたり。

クラスの団結力が上がっていくのを肌で感じて、嬉しくなる。

「青ちゃん、袖のレースってこんな感じでどう？」

「水野、あとで職員室に寄ってくれ」

「水野さん。ペンキが足りなくなってきたから、ホームセンターで買い足したいんだけど」

「クラスTシャツの色、ブルーとオレンジどっちにする？」

忙しさに比例するように、私は学校中を走る、走る、走る。

教室では、衣装の進み具合と喫茶店《きっさてん》の出し物についての確認を済ませ、委員会へ直行。

会議が終わった後は、職員室に顔を出して先生へ報告。

その足で山車づくりの様子を見に、校舎裏の駐輪場に張ってある仮設テントの元へ。

足りない木材はないか。予算はあといくら使えるか。

山車づくりのリーダーと相談して、再び校舎に。

廊下では、各クラスの前で巨大な垂れ幕づくりが行われていた。そのため、ペンキを倒さないよう注意をして歩かなくてはいけない。

うちの学校は、地域住民から、

『仮装』

『模擬店《もぎ》』

『垂れ幕』

『山車』

と、それぞれの分野で一番良かったものに投票してもらって、最終日に、各学年で一位のクラスを発表するシステムになっている。

優勝すれば食堂のメニューが一週間タダとあって、みんなの気合も十分。

大変なぶん、やりがいがあって燃えるし。

なにかひとつのことをみんなでつくり上げていく過程は楽しい。

初めはどうなるかと思ったけど、実行委員になってよかったと、充実した気持ちを感じていた。

本番まであと数日に迫《せま》った、金曜日の午後。

今日は野球部の試合が行われる日で、ケンちゃん達は朝からバスで会場に。

出発する際にはクラスのみんなで声援を送り、ケンちゃんは、

「ちょい、本気で頑張ってくるわ〜」

と、照れくさそうにはにかんでいた。


それとは別に、私の身に衝撃が走ったのは、それから数時間後の昼休み。

「今日の放課後、俺とお前で一年生の分のパンフレットづくりすることになったから」

購買にパンを買いに行こうと教室を出るとすぐ、廊下で間宮に呼び止められた。

お財布に小銭がいくら入っていたか計算していた私は、声をかけられたのに気付かず、彼の存在を思い切りスルーして、横を通り過ぎてしまった。

お腹がぺこぺこで目が回っていたのと、間宮が男子達と階段のそばでだべっていたことから、自分に言われたのだとわからなかったから。

階段を下りようと、手すりに触れた瞬間、後ろから、ぐいっと首根っこを掴まれて、間宮の方に振り向かされた。

「へ……？」

「へ、じゃなくて。この前の委員会で決まっただろ。くじ引きの結果、A組からは俺。B組からは水野って」

「えっ、ああ、うん。そういえば……」

「ったく」

背をかがめて顔を近付けてくる間宮。

私は顔が真っ赤になりそうになって、慌てて目線を床に落とす。

いきなりドアップとか、心臓に悪すぎる。

それにしても。眉間に皺を寄せて、なんだか……怒って、る？

「絶対に忘れんなよ」

私が逃げられないよう、がっちりと肩を掴み、威圧《いあつ》的な口調で告げてくる。

ここしばらくの間、顔を合わせても、忙しさを理由に挨拶以外は極力避けていたことを気付かれていたのかもしれない。

そういうことに関してだけは、やけに鋭い奴だし。

「う、うん……」

うなずいたけれど、目を合わせられなかった。

意味もわからず友達にシカトされ続けたら、そりゃ誰だって怒るよね。

でも、おかしい。前に話さなかった時期は、こんな風にならなかったのに……。

めずらしく不機嫌な間宮に、私は嫌な胸騒ぎを感じていた。

そして、気まずい心境のまま迎えた放課後。

職員室から鍵を借りて、四階の空き教室へ移動した私達は、

「じゃあ、道具は全部ここに並べたから」

作業に必要な準備を整えて、パンフレットづくりを始めていた。

「風で飛ぶから窓は閉めておくね。あと、ホチキスの芯《しん》は私の筆箱に入ってるから」

「ん」

「じゃあ、お互い別の仕事もあるし、なるべく早く片付くよう頑張って終わらせようね」

ガッツポーズをつくって気合いを入れると、間宮は無言のままうなずいた。

……はっきりいってノリが悪い。

いつもなら「面倒くせぇ」って心底ダルそうな顔してぼやくか、私に大半の仕事を押し付けてサボろうとするかのどっちかなのに。

今はそのどちらでもなく、気味が悪いくらい黙々《もくもく》と作業に集中している。

中学からの付き合いだけど、これだけ真面目に手を動かしている間宮を見たのは初めてだ。

それでなくても、久しぶりにふたりきりになって緊張しているのに。

「………」

すぐそばに、隣に、間宮がいる。

肩が触れ合いそうな至近距離に心臓は破裂《はれつ》しそうで、沈黙がとても息苦しい。

長机の上に並べた紙を一枚ずつ手に取り、番号の間違いや抜けているページがないか確認しながら上に重ねていく。

――パチン、パチン……。

最後に端っこを揃え、ホチキスで留めて、一部完成。単純な作業を何度もループして繰り返す。

「……窓閉めてるから、あっついね。今日、午後からの気温が三十度近くに上がるって知ってた？」

沈黙に耐えかねて振った、苦し紛れの話題。

「間宮は確か山車づくりだったよね？　外での作業は熱中症に気をつけないと」

ペラペラと話し続けた。ひとりで。

「てかさ、なんか、時間が経《た》つのって早いよね」

「……ああ」

「この前入学してきたばかりなのに、もう七月とか。先週、夏服に衣替えした時に思った」

唾を呑み込む。引きつってることがバレないよう、口角を持ち上げて笑う。

——パチン……ッ。

ホチキスで閉じて。

窓越しに聞こえてくる蝉《せみ》の鳴き声に耳をすまして。

時々、額や首筋に浮かんだ汗をハンカチで拭う。

密閉された空間の蒸し暑さに吐息を漏らし、ああ、どうしよう。

間宮は笑ってくれない。

ああ、とか、うん、とか気のない返事をしてうなずくだけ。

青空に浮かぶ入道雲。

校舎の前に、たくさんの樹が植えられているせいだろうか。日差しが当たる場所以外は、全体的に影が落ちていて、室内が暗い。

「マリカは元気にしてる？」

墓穴を掘るだけなのに、間宮の横顔を見ていたら、聞かずにはいられなくなって、質問した。

間宮は睫毛の先を震わせて、右隣にいる私の方にゆっくりと振り向いた。

「……元気って言えば元気だし、違うって言えば違う」

あいまいに苦笑して、ごまかすように黙り込む。

でも、目が笑ってなくて。

駆り立てられた不安はなんだったのか、私はうっすらと感じることがあって。

作業する手を止めて、真っ直ぐ間宮を見つめ返した。

「先生から聞いたよ。先週の木曜日にマリカが休学届を提出したって」

二階の音楽室から吹奏楽部《すいそうがくぶ》の演奏が流れて、出だしですぐに音がやむ。

もう一度同じ部分から始まって、また違う箇所《かしょ》で中断して。

繰《く》り返し、繰り返し、少しずつ進んでいく。

「だから、もし一日だけでも外出出来るようなら、学校祭に来れないのかなって」

「…………」

「マリカの分のクラスTシャツや衣装も、ちゃんと用意してあるんだよ。……私が全部勝手にやったことだけど」

「……そっか。ありがとな」

喉が渇いて、無性《むしょう》に泣きたくなった。

お祭りの日に、手を繋いでいたふたりの後ろ姿が脳裏に浮かんで、胸が鈍く痛んだから。

友達として心配なのに、私のしていることは偽善にも感じられて、とてつもない罪悪感に襲われる。

だって、私、なにもしてない。

前進も後退もなく、ただうじうじしてるだけ。

あきらめる努力も。

貫く覚悟も。

傷付けるつらさも。

認める勇気も。

私が頑張らなくちゃ、一歩も踏み出せない。

こんな探りを入れる真似をするぐらいなら、本人に直接伝えにいけばいいのに。

私は――。

「あのさ……っ」

決意を固めて顔を上げた、その時。

タイミング悪く、スカートの内ポケットからスマホの着信音が鳴って、会話が中断した。

完全に空振りした私は、がっくりと肩を落とす。

「出れば?」

と促してくれた間宮に、ひと言謝ってから電話に出る。

すると、

『青ーっ、試合に勝ったぞぉー！』

通話ボタンを押した瞬間、びっくりして肩が跳ね上がるくらいの大声が響き、思わず耳元からスマホを離した。

こ、この声は。

「ケンちゃん……？」

『おう！　今帰りのバスに乗るところでさ、なんかすげぇ興奮しちゃって。青に一番に結果報告したくてさ』

「報告？」

『そう。最後のバッターがオレだったんだけど、奇跡《きせき》のホームランで逆転サヨナラ勝ち。本当漫画みたいで、先輩とかみんなに囲まれて胴《どう》上げされたわ』

いつにもましてハイテンションで、一気にまくしたてるケンちゃんからは、電話越しにはしゃいでいるのが伝わって、私まで口元が綻ぶ。

「おめでとう、ケンちゃん。あれだけ練習頑張ってたんだもん。偉い偉い」

『うん、もっと褒《ほ》めて』

語尾にハートマークが付いてそうな甘ったれた口調で、わざとふざけるケンちゃんに、私も悪ノリして、「はい、そこ調子乗らない」って軽口で返す。

『いやん、青ちゃん冷たい。……って、まあ冗談は置いといて』

電波に混じるノイズ。

屋外でかけているせいか、それともまわりに人がいるせいか。やたらとザワザワしていて、ほんの数秒の間が長く感じる。

ケンちゃんが吐き出す息の深さに、これから真剣な話をされることを悟り、私もスマホを握る手に力を込めた。

『──うん、まあ……アレですよ。前回は唐突に告って、相当困らせたと思うんですけど。あ、オレの要望ばっか勝手に押し付けてって意味で』

ううん。そんなことないよ、ケンちゃん。

『……なんか、ゆっくり考えてほしいとか言って、本音は覚悟を決める猶予《ゆうよ》期間が欲しかったたっつーか』

わかるよ、その気持ち。

私も同じだったから……。

『ぶっちゃけ、あの場でソッコー断られるのがキツかったんだ。情けないくらい逃げ腰だけど』

なんて言えばいいのかわかっていても、模範《もはん》どおりの回答は、ドラマの真似っこをしてるみたいで嘘くさいから、すぐには返事出来なかった。

『でも、オレなりにスゲェ考えて。青の迷惑にはなりたくないけど、やっぱ好きだなって思うから……』

ありがとう、ごめんね、ごめんなさい。

どの言葉を選んでも、相手を傷付けることに変わりはなくて。

同じ痛みを経験している私は、どれもが求めていた言葉ではないと知っている。

『だからハッキリ言っていいよ。オレ、今ならなに言われても受け止めるから』

緊張したよね。

怖かったよね。

私なんかが相手でも、伝えてくれたこと自体がとても嬉しかったから……。

『あと一時間したら学校着くからさ、後で直接返事聞かせて？』

「……うん」

相手を気遣っているつもりでも、中途半端な優しさは自分のためでしかないことが多い。

好きになった人が、身近な友達であればあるほど、告白する前と後の距離の開き方には敏感になってしまう。

少なくとも、私はそうだった。

伝えるだけで満足出来るならよかった。

その先を望まなければ、傷付くこともなかった。

でも、結果を抜きにして、私はこの恋で、ただ後悔しただけだろうか？

告白を決意した時の、みなぎるような熱い気持ちは。

本人を前にして「好き」と伝えた瞬間のあの高揚感《こうようかん》は、けっして無駄じゃなかったはずだ。

今、両方の立場になってみてわかる。

期待によって落ち込みが大きくなっていったのと反対に、悩んで、葛藤《かっとう》したぶんだけ、成長する機会が増えていったこと。

心配し、励ましてくれた友人達の言葉。

そして、こんな私のことを好きだと想ってくれた人。

こんな幸せな機会を知った上でもしも、私がいつまでもうじうじして駄目な方向に進んでいるのなら。その原因は、ただ逃げ続けている自分にあるのではないのだろうか。

私はずっと、目を逸らして逃げてばかりいた。

自分にだけは嘘をつかなくてよかったはずの、私の本当の気持ちから——。

『じゃあ』

最後に、ケンちゃんが少し笑ったような声でそう言って、通話が切れた。

私はぼんやりとスマホの画面を見つめる。

「はぁ……」

緊張で熱くなっている顔を隠すように、鼻から口元を両手で覆った。

掃除用具箱のロッカーにもたれかかって、短い息を吐き出す。

ついにこの時が……。

ケンちゃんが戻ってきたら、伝える時が来るんだって思ったら、同じ室内にいた間宮の存在をすっかり忘れて、会話に集中していた。

だから、気付かなかった。

いつの間にか、間宮が私の前に立っていたことに。

「アイツと付き合うの？」

長身の間宮に見下ろされて、背丈の差があるぶんだけ、すっぽり影に覆われる。

ふいに、よぎる違和感。

露骨《ろこつ》に不機嫌そうな顔をして、どこか寂しげに表情を歪《ゆが》ませているのは、どうして？

「間宮……？」

私の肩に腕を伸ばしかけて、躊躇したように拳を宙で固めている。

上目遣いで間宮のことを見つめると視線が重なって、ビクリと肩が跳ねた。

「答えろよ」

瞳の奥に潜《ひそ》む鋭い眼差し。

今まで一度も聞いたことのない低い声。

金縛りにあったみたいに、全身が硬直して動けない。

責められているような錯覚に不安が増して、動悸《どうき》が激しくなる。

だって、意味がわからないから。

「間宮には関係ない話だよ？」

当たり前の返事をしたはずなのに、間宮は俯いたまま、なにも答えない。

「それに、間宮にはマリカがいるんだから、私のことなんて気にする必要ないじゃん。っていうか、ほら。もうひと段落だし、急いで作業終わらせちゃおうよ」

笑いかけても手をどかしてくれず、さすがに私も焦りだす。

異変を感じて後ろへ一歩後ずさり、唾を呑み込む。

だけど、同じぶんだけ間宮も距離を詰めてきて。

次の瞬間、なにかを叩き付けるかのような勢いで、私の顔の横に両手をついた。

――ダンッ……！

震動音と共にロッカーが激しく揺れて、反射的に身をすくめる。こめかみに冷や汗が伝い、思わずぎゅっと目をつぶった。

「……っ」

息つく間もなく強引に腕を引かれて、私は間宮の腕の中に閉じ込められていた。

後頭部を押さえつけられて重心が前につんのめり、シャツの胸元に額がうずまる。

なにが起こったのか瞬時に理解することは不可能で、ただ純粋に言葉をなくした。

「違う」

耳元で囁かれた間宮の声は、とてもつらそうで。

同時に背中に回された腕がきつく私を抱き締め、息苦しさに眉をひそめる。

「……違う、俺とマリカは……っ」

言いかけて、短く舌打ちする間宮。

続きが気になって顔を上げると、間宮は口元を片手で覆って深い息を吐き出した。

そのまま、前髪をぐしゃりと掴み、無言で私の体を引き離す。

「――悪い。なんでもない」

私と目を合わさずに顔を背けて、間宮が教室の戸に手を掛ける。

「ちょっと頭冷やしてくるわ」

日差しの加減じゃなく、間宮の頬が赤く染まって見えたのは気のせいなのか。

「残りは全部俺がやるから、机の上に置いといて」

廊下に出ていき、間宮は後ろ手で静かに戸を閉めた。

緊張の糸がほどけたせいか、ひとり取り残された私は膝の力が抜けて、ずるずるとその場にしゃがみ込む。

一分にも満たない、ほんの数十秒のわずかな出来事が、私の思考をパンクさせて、頭の中を白く染める。

――俺とマリカは……っ。

続きが気になるのに、相手の考えが読めなくて困惑する。

呼吸すらままならないくらい、早鐘《はやがね》のように加速し続ける心臓の音がうるさい。

混乱と動揺。

掴まれた腕をさすり、ぼんやりと天井《てんじょう》を見つめる。


間宮……？


学校祭の準備に励む生徒の賑わいが校舎の至るところから響いて。

それは、静寂の中に佇む私の耳にも、しっかりと届いていた。

第三章

本当の気持ち

記憶を回想するならば、私はどこからやりなおしを望むだろうか。
知り合ったこと。
恋したこと。
全部を否定してまでなかったことにしてしまったら、そっちの方がもっとつらくなる。
悲しい以上に幸せな気持ちになれたから、私は彼を好きでいられた。
好きになってよかったと思えた。
だから、私はいつまでも迷子のままの片想いに答えを導かなくちゃいけない。
たとえ不安でも、自分が選んだ一歩に、もう後悔したくないから。

「――ケンちゃん、ごめんね……」

あの後。
間宮が教室から出ていってから一時間近くが経って、野球部の人達が学校に戻ってきた。

ケンちゃんからは到着を報《しら》せるメッセージが届き、私は、

【中庭で待ってる】

と返信して、彼が来るのを待っていた。

それから数分もしないうちに、ケンちゃんは急いだ様子で走ってきてくれた。

彼には余計なことはなにも言わず、ひと言だけそう告げた。

変に断る理由を説明するのは相手のためじゃない、と。

誰かを傷付けるのが嫌だという、自分の自己満足になってしまうと思ったから。

綺麗ごとなら、きっといくらだって言える。

でも。

本気でぶつけてくれた想いに対して、中途半端に返事することはしたくない。

「……そっか」

無理に笑おうとして、口元が引きつっているケンちゃん。

その顔を見たら、ズキリと胸が痛んで。

心の中で何度も「ごめんね」を繰り返した。

「うん、まあ、しゃあないしな。ホント。つか、オレは自分の気持ちを伝えられただけでも十分満足してるからさ。あんま気にすんなよ」

告白される側の立場になって、ようやく気付いたことがある。

間宮にフラれてから、自分がどれだけ一方的に被害者面をして、まわりに心配をかけていたか。

友達に好きだって言われて、嬉しくない人なんていない。

でも、その人が恋愛対象になれない場合、断る方も相当の覚悟がいるんだ。

仲良くしていきたくても、今までとまったく同じではいられない。

お互いに気まずさを感じて、微妙にぎこちなくなってしまう可能性もある。

だけど。

「……正直、さ。今の心境としてはぶっちゃけキツいけど、今日はめっちゃ凹むかもしんないけど、明日からは普段どおりに接してやって？」

つらくても、目を逸らさずに誰かを好きになれたことに胸を張って、素直な自分でいられたら、つらさを乗り越えて成長していける気がする。

「正直に言ってくれてありがとな」

右手を差し出し、ケンちゃんが顔を綻ばせて笑う。

「私こそ……ありがとう」

差し出された手をゆっくりと握り返し、私も心から感謝の気持ちを込めてお礼を言った。

鮮やかな夕暮れのオレンジに包まれて。

穏《おだ》やかな空気が流れ、自然と笑みが広がる。

ケンちゃんが冗談交じりに、

「青春っぽくて、なんかウケね?」

って言ってきたから、私も同意して噴き出した。

ありがとう、ケンちゃん。

たくさんたくさん、ありがとう……。


裏庭でケンちゃんと別れてからは、学校祭の準備に励んだ。

四時半になる少し前。帰宅しようと下駄箱で靴を履き替えていると、マミからタイミング良く電話がかってきて、

『今さ、ひと駅隣のファミレスに西中のバスケ部メンバーで集まってるから、青もおいでよ』

と誘われたので、即オーケー。

みんなで集まるきっかけをつくったのは、どうやらマミみたい。

他校に行った部員を学校祭に招待しようと連絡したところ、どうせなら全員呼ぼうかって流れになって。

ついでに、今日も集まれる人だけで遊ぼうかとなったらしい。

卒業してからまだ数か月しか経ってないけど、中学時代の仲間がすでに懐かしく感じる。

進学した高校が違って、みんなと集まる機会がなかなかつくれなかったから、久しぶりに会える友人達との再会に胸が弾んだ。


放課後は、毎日一緒に頑張って。

夏休みには、合宿して。

試合では、全員で味方チームを応援した。

人数が少なかったこともあるけど、男女関係なしに仲が良くて。

教室でも、バスケ部のみんなと過ごす時間の方が多かったくらい。


「うわぁ～、久しぶりー」

目的地に到着すると、すでにほとんどのメンバーが集まっていて、みんなで昔話の暴露《ばくろ》大会を開いていて、すごく盛り上がっていた。

席は店の一番奥。団体用のテーブルがふたつ繋げられて、そこに十名以上が座っている。

再会の挨拶をしながら両手を振ると、私に気付いた女の子達が、

「久しぶり〜」

と満面の笑顔で出迎えてくれた。

「青、こっち」

何人かと抱き合って喜んでいたら、マミが隣の席に手招きしてくれて。

「遅《おく》れてごめん」

「いいのいいの。むしろ、今の今までお疲れ様」

席に着き、みんなとジュースで乾杯《かんぱい》をした。

男子が六名、女子が私を含めて七名と、ほぼフルメンバーが揃っている。

でも唯一、この場に来ていないのは——。

「ねえ、間宮は……?」

「あ、間宮は後から合流するって」

ひとりだけ揃っていないのが気になって質問すると、マミが「よかったじゃん」とこっそり耳打ちしてきた。

うう。マミってばニヤニヤして……。

まだ間宮に未練があることを知ってるからって。

「おーっ!　噂の水野。やっと登場したか」

マミとヒソヒソ話をしていると、向かいの席に座っていた男子が、テーブルから身を乗り出して、私の顔を指差してきた。

「よっす、水野！」

浅黒い肌に、肩まで伸ばしたロン毛。ギャル男を意識してか、シャツを胸元まで開けて、手首にじゃらじゃらとアクセサリーを付けているのは、同じクラスだった三波《みなみ》翔太《しょうた》。こう見えて、元男子バスケ部・部長。

昔から軟派な性格で見た目も派手だったけど、高校に行って更《さら》に磨《みが》きがかかったようだ。

「卒業以来だね、三波。ていうか、なに？　噂って」

「今さ、みんなで中学時代のアレコレをひとりずつカミングアウトしてんだよ。今だから話せる○○みたいな」

「へぇ」

「して、ちょうど水野の話題が出たところに本人登場で地味に沸《わ》いたわけ」

「えー？　悪口とかだったら勘弁なんだけど」

「いやいや、むしろその反対。な？　田辺《たなべ》、杉山《すぎやま》？」

三波が両隣にいた男子の肩をガシリと掴み、意味ありげに口角を持ち上げる。

田辺と杉山は後頭部を掻きながら赤面していて。

私はどんな内容が打ち明けられるのかと首を傾げて、水の入ったグラスに口をつけた。

「では発表しまーす。時効ってことで暴露すると、ここにいる俺ら三人、昔水野のことが好きでしたーっ！」

イエーと大声を上げて、場を盛り上げるために盛大な拍手をする三波。

まわりも「なんかよくわかんないけど、とりあえず乗っとけ」ってなノリで、雰囲気に便乗してパラパラと手を叩きだす。

反対に、私は「……ゲホッ」とむせてしまった。

「は？　え？　はぁ……？」

「今は全員ほかに彼女いるから言えることだけどさ」

田辺と杉山が照れくさそうにうなずき、三波が私の顔をビシッと指差す。

「水野本人は気付いてなかったかもしんないけど、お前学年でもかなり人気あったんだぜ？」

ひとまず口ふけ、と三波が私の前におしぼりを置いてくれて。

呆《ほう》けた状態で袋から中身を取り出し、ぱちぱちと瞬きを繰り返した。

え、えぇ～っと？

目が回りそうなくらい理解不可能で、頭が混乱している。

だって、中学の時は一回も告白されたことなんてなかったし。

それ以前に、私がモテてたとか、冗談にもほどがある。

「ない。それはないって、絶対」

信じられない面持ちで否定するものの、

「いや、マジだってマジマジ。でも、みんな間宮に牽制されて、告る前にあきらめてたんだよ。な?」

更に、意味のわからないことを言われて。

そんな私をよそに男子達はうなずき合いながら、口々に証言しだす。

「アイツ独占欲《どくせんよく》強いかんな～」

「水野に近寄ろうとする奴がいたら片っ端から威嚇《いかく》して追っ払うくせに、本人の前では素直になれないで、からかってばっかりでさ」

「まあ、そこが間宮の微笑ましいっていうか、めんこい一面でもあるんだけど」

「好きな子いじめる小学生と一緒だったもんな」

「京平が相手じゃ無理だって、最初から戦意喪失《せんいそうしつ》してたけど。あの不器用さを見てたら反対にいじらしくなってさ」

「最終的に保護者のような眼差しで、全員が見守ってたんだよな」

「ふたりがくっつくよう、バスケ部の連中で仕向けたり」

──カラン……。

右手に持ったグラスの中で揺れる氷。

手のひらを濡《ぬ》らす水滴。

ただぼんやりと。

右から左に流れていく情報に耳を疑う。

「嘘だ」

笑おうとしたのに真顔になった。

自分の声がクリアに響いて、まわりの音が遮断される。

「ちょっと！」

マミが男子達に突っ込みを入れて、険しい表情になった私を見て、全員一斉に黙り込む。

「……嘘じゃねーけど。好きな女は水野って、間宮から直接聞いたし」

私の顔色を窺い、三波が遠慮がちに補足する。

「これ、男子バスケ部の間では有名な話だったんだけど。……つーか、お前らって今、付き合ってるんじゃないの？」

数秒間、なにも考えられなかった。

思考が停止して、唇が渇く。

首をふるふると横に振る。

「え？　マジで……？」

三波は慌てた様子でフォローを入れようとするものの、いい言葉が見つからなくて、気まずそうに口元を押さえている。

間宮が私のことを好きだった？

そんなの寝耳《ねみみ》に水だ。

なにより、間宮には今、彼女が……マリカがいるじゃないか。

「あーっと！　もうそろそろ中学校に移動しね？　岡ちゃんのところに顔出しに行こうぜ」

気まずい空気に耐えられなくなったのか、三波が話をすりかえて立ち上がる。

「おー、いいねぇ」

「中学行くの久しぶりじゃない？」

「私、卒業以来かも」

「おれもおれも」

すでに食事を終えて休憩モードに入っていたみんなは、三波の呼びかけに次々賛同して、このまま母校に立ち寄ることになった。

水しか飲んでいなかった私は、全員の会計が終わるのをレジ横の椅子で待つことに。

間宮が、本当に……？

三波の言葉を信用してないわけじゃないけど、どうしても疑わずにはいられない。

店を後にしようとドアに手を掛けた時。

――カランカランッ……。

外側からドアが開いて、目の前に間宮が現れた。

走ってきたのか軽く息切れしていて、額に汗が浮かんでいる。

「悪い、遅れた」

「マジで？」

「おーっ、ナイスタイミング。これからちょうど西中に行くとこだったんだよ」

「マジマジ。大マジ。久しぶりにみんなでバスケしようぜ」

間宮の肩に腕を回し、三波が先頭切って店を出る。

ほんの一瞬、間宮がこっちを見ていたような気がしたけど。

私は変に意識してしまって、マミの後ろへ隠れるように逃げてしまった。

中学校に到着する頃には、日が暮れ始めていて、校舎の電気もほとんど消えていた。

夏のこの時期は県大会を控えているため、バスケ部の練習が夜遅くまで行われている。

昇降口をスルーして体育館へ直行すると、予想どおり、顧問の岡田《おかだ》先生に指導を受けながら、後輩達が活動していた。

しばらく様子見してから、部活が終わる頃合いを見計らってコートのそばに寄っていく。

すると、顔見知りの子達が、一斉に振り向いて、私達のそばに駆け寄ってきた。

「どうしたんですか、先輩達！　みなさんお揃いで、同窓会かなにかですか？」

「お久しぶりです、青先輩！」

練習で相当バテてるはずなのに、みんなキラキラした瞳ではしゃいでくれる。

「遅くまでお疲れ様」

かわいい後輩の姿に懐かしさが込み上げながら、私は一人ひとりに挨拶して回った。

「なんだお前ら。急に押しかけて」

三十代前半の男性教師、岡田先生こと通称岡ちゃん。

岡ちゃんは、どこか嬉しそうに三波の肩をバシバシ叩く。

基本的に、誰にでも平等に優しい先生で、なかでも、男バスの部長だった三波は岡ちゃんと特別仲がいい。

「元気にしてたか、三波。相変わらず、派手だなお前は」

「元気、元気。岡ちゃんこそ、どうよ？　彼女できた？」

「せ、生徒に関係ないだろうっ」

「その反応は、まだいなさそうな感じじゃね？　どんまい！」

「先生をからかうな！！」

ふたりでじゃれ合いながら、再会をお互い喜んでいる。

「よっしゃ、サプライズ成功。なんとなくファミレスにたまってたんだけど、流れで母校に寄ってくかっつー話になってさ」

「おお、そうか」

「ついでにバスケもしてきたいよな――ってことで、ちょこっとの間、ここのコート使わせてもらっていい？」

「断ったってどうせ勝手に使う気だろう？　遊んでもいいけど、学校が閉まるまでの間だからな」

「サンキュー、岡ちゃん！！」

三波が交渉《こうしょう》してくれたおかげで、岡ちゃんが責任を取る形で特別使用許可が下りた。

倉庫にボールを取りにいき、準備運動を始める。

私は……スカートだし、無理かな。

制服のまま来ていたので、見学組に回ろうと、体育館の隅へ移動しようとすると、

「せっかくなんで、青先輩も試合に混ざりませんか？　うちので良ければ着替え貸すんで」

と、後輩が替えのジャージを貸してくれたので、お言葉に甘えて参加することにした。

「チームは男女ごちゃ混ぜで、一試合十分な。時間ないから、すぐ交代でよろしく」

「はーい」

仕切り屋の三波から説明を受けて了解した私達は、適当なチームを決めて、すぐさまストレッチを始めた。

部室にあった予備のバッシュを履き、軽い準備運動で体をほぐしてから、私もマミと一緒に、ステージ側のコートに入った。

髪は動きやすいよう、高い位置でひとつにまとめてポニーテールに。

敵チームの間宮は、ズボンの裾を膝までまくり上げ、手をブラブラさせながら足首を回している。

目の前の光景が懐かしく思えて、中学時代にタイムスリップしたみたいだった。

こうして、毎日バスケをして。

部活に燃えて。

練習がなかなかうまくいかなくて、悔し涙を流したり。

試合に勝って、みんなで抱き合って喜んだり。

つらくて大変な日々も。

夢中になって熱中した日々も。

大きな原動力のひとつとして、いつだって間宮が私の心の中にいた。


――ピ……ッ！

試合開始のホイッスルが高らかに鳴って、センターサークルに立つ味方チームの三波と、敵チームの間宮が同時にジャンプする。

長身を生かして、楽々と先取したのは間宮。

私はゴール下を守るため、急いで走りだす。

仲間からボールをパスされ、シュート体勢に入っている男子を、三波とふたりで囲む。

連携プレイで、後ろにいた私が、相手が投げる直前にカットする。

長年やってきたせいか、久しぶりでも手に吸い付くようなボールの感触《かんしょく》に、自然と気分も高揚してくる。

ダンッ……！

敵の間を縫うように腰を低く落としてドリブルするも、間宮に前方を阻《はば》まれて足が止まる。

ボールを両手で抱えたまま上半身を左右にねじり、味方がいないか視線で探す。

「隙ありすぎ」

だけど、よそ見をした一瞬のうちに、間宮に横から簡単に奪い取られて。

おまけに、嫌味ったらしいニヒルな笑みを浮かべながら私を見下ろしている。

「お前、腕鈍ったんじゃね？」

挑発されてカチンときた私は、間宮の動きを阻止《そし》するために動きだす。が、そばにつこうとするも、見事に交わされる。

私のことなんか、まったく眼中にない様子で、斜《なな》め前にいた味方に、頭の上の位置から強めのパスを出す。

取り返しにいこうとすかさずダッシュするも、

「ちょっと……！」

「なに？」

「……っわざと狙ってるでしょ」

今度は間宮が私のことをがっちりガードして、身動きがとりにくい。
でも、その分、絶対に抜いてやろうって燃えてわくわくしてくる。
体育館の床に響く、バッシュの擦れる音。
熱気と歓声。
リズミカルなドリブル。
走る。息が上がる。
汗が噴き出て。
動いて、動いて、動いて。
無我夢中でコートの中を駆けずり回り、白熱した空気を全身で楽しんでいる。
最初にシュートを決めたのは間宮だった。
片手でダンクを決め、得意気にニンマリ笑いながら、
「楽勝」
と、すれ違いざまに、私に嫌味を言ってくる。
「まだ終わったわけじゃないから」
頬を膨らませて反論すると、
「へぇ？」
って余裕たっぷりな顔で返事されて。

ムキになった私は、ますます闘志《とうし》を燃やしてゲームを続行。

前半は押され気味だったけど、後半からはチームプレイも揃ってきて、今度はこっちが攻《せ》める番だった。

負けず嫌いな性格も手伝って、絶対に勝ちたいという思いがどんどん強くなる。

たかが遊びの試合かもしれないけど、熱中していくうちに、大事なものが見えてきたような気がした。


悩んで、クタクタになって。

落ち込んでは、泣いて。

振り返れば、なんてネガティブで弱気だっただろう。

苦しんでいることに対して、自己嫌悪《けんお》。

誰にも相談出来ずに抱え込んでいた。

でも、そんな私のことを心配して影で支えてくれたのは、大切な優しい友人達だった。

マミ。

瑞希ちゃん。

そして、ケンちゃんに、心からありがとう。

ひとりだったら、いつまでも解決出来ずにいたよ。
短い期間の中で恋愛の難しさを知って。
壁にぶつかって。
あがいて。
それでも、消えなかった想いがある。
だから、もうやめよう。
自分の気持ちに嘘をついて、ごまかすこと。
正直に伝えるのは怖いけど、逃げていちゃなにも始まらないから。
私が『私』のことを応援してあげなくちゃ、大きな一歩は踏み出せない。
誰かに背中を押してもらうだけじゃなく、自分から前に進める強さが欲しい。
ほんの少しの勇気。
ありのままでぶつかって。
たとえ結果的に傷付いたとしても、そっちの方がずっといい。
覚悟を決めて。
頑張れ、私。

ゲーム終了、五秒前。

味方にパスされて渡ってきたボールを両手でしっかり受け止め、私はキッと前を見据える。

手首のスナップをきかせて、ジャンプと同時にシュート。

――ザ……ンッ！

私が放ったボールは綺麗な弧を描いて真っ直ぐネットの中に吸い込まれていく。

「……はっ……はぁ」

終わりを告げるホイッスルが高らかに響き渡り、放心しながら弾む息を整えた。

背中を丸めて膝に手をつく。全力疾走したせいか足が震えていて、全身が汗だくになっていた。

「ナイッシュー」

ぽん。

後ろから肩を叩かれて頭を上げると、そこには、満面の笑みを浮かべた間宮がいて。

……ねえ、三波が言っていたことは本当？

聞きたいことはあるけれど。

過去形の疑問を吹っ飛ばすくらいの勢いで、今伝えたいことはひとつだけ。

「間宮」

腕をつかんで呼び止め、緊張で奥歯を噛み締める。

深呼吸してから強張っている頬の筋肉を緩め、穏やかな眼差しで微笑んだ。


「やっぱり私、間宮が好きだよ」


消化不良だった一度目の失恋。

ピリオドを打つために必要だった勇気。

「しつこくて、あきらめ悪くて、迷惑かもしれないけど」

間宮が驚きがちに小さく目を見開き、私の名前を呼びかけて口を閉ざす。

「これ以上、自分の気持ちに嘘つきたくなかったから……それだけ伝えたかった」

今度はノーカウントにしない。

告白をなかったことにしたくないから。

「今は、お互いに忙しくて大変な時期だから、学校祭が終わってから——後夜祭の時に返事を聞かせてもらっていいかな?」

精いっぱい、笑え。

「今日使った空き教室で待ってる。でも、返事が駄目だったら来ないで?」

にっと目元を細めてはにかみ、震える手を後ろに隠す。

間宮はしばらく考えた後、
「わかった」
と真剣にうなずいてくれた。
頬を真っ赤にしたまま間宮に頭を下げ、次のセットが始まる前にコートから出る。
感情が高ぶって、気を緩めたら涙がこぼれ落ちてしまいそう。
でも、同じくらい爽快感も広がっていて、不思議と気分は満たされていた。

涙想い

「すみません。瀬戸マリカさんの病室は何号室になりますか？」


学校祭を前日に控えた金曜日の午後。

私は、学校祭の準備から一旦《いったん》抜けさせてもらって、市内の総合病院を訪れていた。

受付でマリカの居場所を訊ね、お礼をしてからエレベーターに乗り込む。私のほかに松葉杖をついたお婆ちゃんと看護師さんが後から乗ってきたので、邪魔にならないよう端っこの方に移動して、背中を壁に当てた。

直接お見舞いに来るのは初めてだし、なんだか妙に緊張する。

マリカが病気のことを隠したがっていたこともあるけど。

最後に話したのが、

『京ちゃんは誰にも渡さない』

と言われた、あの一件だったし、なかなか来ることが出来なかった。

もしかしたら、私の顔なんて見たくないかもしれない……。

そう考えると不安になるけど。

せめてこれだけでも届けなくちゃ。

紙袋の紐を掴みなおし、ゆっくりと深呼吸。

四階でエレベーターを降りてから、ナースステーションで面会者証をもらい、掲示板を頼りに四〇七号室まで廊下を歩いた。

部屋の前に着いてから、ほんの少しだけためらい、静かにドアをノックする。

――コンコン……。

返事がないので、どうしようか迷っていると。

後ろから、

「――青？」

と声をかけられた。

びっくりして振り返ると、そこには、看護師さんに車椅子を押してもらっている、パジャマ姿のマリカがいた。

病室に入ると、中にはベッドがひとつしか置いていなくて、すぐに、この部屋が個室だとわかった。

薬品の匂いと、白を基調とした室内。

長く入院しているわりには、私物があまり見当たらない。そのせいか、ほんの少し物寂しい印象を受ける。

看護師さんは、マリカをベッドの上に横たわらせると、

「ちょっと待っててね」

と、換気のために開け放していた窓を閉め、私に会釈《えしゃく》をしてから、病室を後にした。

「……座れば？」

自分の立ち位置に困っていると、マリカが冷蔵庫のそばに置いてあるパイプ椅子を指差した。

「う、うん」

椅子に座ると、マリカは枕に頭をうずめてそっぽを向く。

体を反対方向に向けられたのは地味にショックだけど。

面会を断られなかったことに、ひとまず安心して話しかける。

「久しぶりだね」

不自然にならないように、明るい声で挨拶すると、マリカは肩まで布団を引っ張り上げて、無言でうなずいた。

ああ、やっぱり気まずい空気になるし……。

こんな時こそ、普段のテンションで盛り上げられたらいいのに、なんで萎縮しちゃうかな。

「あのさ……」

もう一度話しかけようとして、私はふとあることに気付く。

マリカが自分の姿を見られないよう、必死に身を縮めて隠そうとしていることに。

おそらく、以前よりも痩《や》せてしまった自分の姿を知り合いに見られたくなかったのだろう。もともとが華奢なのに、更に脂肪《しぼう》が落ちて、ガリガリに近い体形になっている。

さっき、病室の前で会った時も顔色が青ざめていたし、体調が良くないことが窺えた。

「……今、肌がぼろぼろであんまり人の顔見て話したくないんだよね。スッピンだし、恥ずかしいっていうか」

私の沈黙を同情と受け止めたのか、言い訳するようにマリカが早口でまくしたてる。

「ん、わかった。じゃあ、このまま話すね」

そのままでいいから聞いてて、とひと言付け足し、椅子を窓の方角にずらす。

お互いの顔が見えないよう、私なりに配慮して彼女に背を向けた。

床を見つめ、膝の上で何度も手を組み替える。

お手数ですが
切手をおはり
ください。

郵便はがき

104-0031

東京都中央区京橋1-3-1
八重洲口大栄ビル7階

スターツ出版(株)　書籍編集部
愛読者アンケート係

(フリガナ)
氏　名

住　所　〒

TEL　携帯/PHS

E-Mailアドレス

年齢　性別

職業

1. 学生(小・中・高・大学(院)・専門学校)　2. 会社員・公務員
3. 会社・団体役員　4. パート・アルバイト　5. 自営業
6. 自由業(　　　)　7. 主婦　8. 無職
9. その他(　　　)

今後、小社から新刊等の各種ご案内やアンケートのお願いをお送りしてもよろしいですか?

1. はい　2. いいえ　3. すでに届いている

※お手数ですが裏面もご記入ください。

お客様の情報を統計調査データとして使用するために利用させていただきます。
また頂いた個人情報に弊社からのお知らせをお送りさせて頂く場合があります。
個人情報保護管理責任者:スターツ出版株式会社 販売部 部長
連絡先:TEL 03-6202-0311

愛読者カード

お買い上げいただき、ありがとうございました！
今後の編集の参考にさせていただきますので、
下記の設問にお答えいただければ幸いです。よろしくお願いいたします。

本書のタイトル（　　　　　　　　　　　　　　　　　　　　　　）

ご購入の理由は？　1.内容に興味がある　2.タイトルにひかれた　3.カバー（装丁）が好き　4.帯（表紙に巻いてある言葉）にひかれた　5.あらすじを見て　6.店頭のPOPを見て　7.小説サイト「野いちご」を見て　8.友達からの口コミ　9.雑誌・紹介記事をみて　10.本でしか読めない番外編や追加エピソードがある　11.著者のファンだから　12.イラストレーターのファンだから　その他（　　　　　　　　　　　　）

本書を読んだ感想は？　1.とても満足　2.満足　3.ふつう　4.不満

本書のご意見・ご感想をお聞かせください。

1カ月に何冊くらい本を買いますか？
1.1～2冊買う　2.3冊以上買う　3.不定期で時々買う　4.ほとんど買わない

本書の作品をケータイ小説サイト「野いちご」で読んだことがありますか？
1.読んだ　2.途中まで読んだ　3.読んだことがない　4.「野いちご」を知らない

読みたいと思う物語を教えてください　1.胸キュン　2.号泣　3.青春・友情　4.ホラー　5.ファンタジー　6.実話　7.その他（　　　　　　　　　　　　）

本を選ぶときに参考にするものは？　1.友達からの口コミ　2.書店で見て　3.ホームページ　4.雑誌　5.テレビ　6.その他（　　　　　　　　　　　　）

スマホ（ケータイ）は持っていますか？　1.持っている　2.持っていない

学校で朝読書の時間はありますか？　1.ある　2.昔はあったけど今はない　3.ない

文庫化希望の作品があったら教えて下さい。

学校や生活の中で、興味関心のあること、悩みごとなどあれば教えてください。

いただいたご意見を本の帯または新聞・雑誌・インターネット等の広告に使用させていただいてもよろしいですか？　1.よい　2.匿名ならOK　3.不可

ご協力、ありがとうございました！

話しだすまでには相当の迷いがあって。

けれど、これ以上マリカに嘘をつき続けたくないのが本音だった。

「――私ね、マリカに謝らなきゃいけないことがあるんだ」

まぶしい午後の光が窓越しに差し込み、外から蝉の鳴き声が聞こえる。

「中学の時、本当はずっと間宮のことが好きだった」

今までずっと隠してきた気持ち。

本当の想い。

「今年の冬に告白して、きっぱり断られて。……なのに、未練を残した状態で高校に進学して、そこでマリカと出会った」

「…………」

「隠すつもりはなかった。けど、同じ人が好きだって知って言い出せなかった」

正直に告白すると、私はマリカに嫉妬《しっと》していた。

でも。

同じくらい、マリカのことが好きだった。

だから、たくさん苦しんで、悩んだ。

その結果、自己保守の道を選んでいた。

間宮とのことを黙っていれば。

自分さえ、あきらめられれば。

それですべてがうまくいくと。

解決すると思い込んでいた。

「私が黙っていたせいでマリカをたくさん傷付けたよね。――本当にごめんなさい」

私はもう告白して結果が出た後だったから。

堂々と好きと言える、マリカの存在が羨ましかったのかもしれない。

失恋した相手に、もう一度恋をしてもいいのか。

報《むく》われないのに、どうしてあきらめきれないのか。

自分の想いを無理矢理抑えつけようとしたら、余計苦しくなって。

素直に、まだ終わっていないからだと認めるまでには、時間がかかった。


「ほかに言いたいことは？」

――ギシリ。

ベッドのスプリングが軋み、マリカが上体を起こしたことが気配で伝わる。

射抜くような視線で私の後ろ姿を見つめていることも、声のトーンから不機嫌にさせてしまったことも察していた。

「私、今も間宮が好き」

無神経なのは十分承知している。

もしもの仮定を繰り返したって、どうにもならないことや、たくさんのジレンマ。

失望されるのを覚悟で打ち明けると、マリカは呆れた様子でため息を漏らし、

「そんなの最初から知ってるよ」

と声のトーンを低くして答えた。

「ちょうどいい機会だから教えてあげる」

「……？」

「マリカね、本当は中学の頃から青のこと知っていて、わざと入学式の日に話しかけたの。もし同じクラスになれなくても、京ちゃんをあきらめさせるために近付くつもりだった」

「——え？」

「京ちゃんがいつも『水野』って同級生のことを楽しそうに話すから、どんな人なのか気になって——いろいろ調べたの。だって、今まではマリカ以外に親しい女子なんていなかったのに……」

なに、を言って……？

「ふたりの関係性を知って、このままじゃ京ちゃんが離れていくってかなり焦った。だから考えたの。マリカのそばに繋ぎ止めておく方法を」

さすがに理解が追いつかず、私は必死で頭の中を整理する。

「ねえ、青。二月十四日以降に告白してフラれなかった？」

けれど、それよりも先に思考がシャットアウトした。

「どうしてそのこと……」

その話はマミしか知らないはず。

唾をうまく呑み込めず、こめかみに冷や汗が伝う。

そんな私を見て、追い打ちをかけるように、マリカは話を続けた。

「──今月末にマリカが心臓の手術を受けること、誰かから聞いてる？」

「聞いて……ない」

「だろうね……。今回のは子どもの時に受けたのと違って、結構大がかりなやつだから大変でさ」

「……っ」

「だから、失敗したらって考えると嫌でも不安になっちゃって……最初に手術の話が持ち上がった今年の冬にお願いしたの。『京ちゃんがマリカのそばにずっと一緒にいてくれるなら手術を受ける』って」

最後の方を耳元で囁かれ、はっとして振り返る。

マリカは、いつの間にかベッドから下りて、私の隣に移動していた。

「約束したのが二月十三日。『水野』に先を越されたくなくて、絶対にほかの人からチョコを受け取れないようにした。高校に入ってからはマリカが彼女に見えるよう常に京ちゃんの隣をキープして。笑っちゃうよね？　実際には付き合ってなんかないのに」

「でも、花火大会で手を繋いで――」

「この前のお祭りのこと？　……ああ、青も来てたんだ。ていうか、あんなの、人が多いからはぐれないようにしてただけだよ」

思い浮かぶのは部活帰りに寄ったコンビニでの出来事。

バレンタインフェアで飾られた棚を見て、ジョークを飛ばした間宮。

私がおごった肉まんを半分こして、駐車場で食べた後。

自転車にふたり乗りして――。

『お前はくれんの、今年？』

『俺、今年はひとつしかもらうつもりねぇから』

期待を匂わせるような、意味深なセリフ。

ほんのりと赤くなって見えた間宮の表情。

そして、先日の集まりで三波が言っていたこと。

『……嘘じゃねーけど。好きな女は水野って間宮から直接聞いたし』

なくしたはずのピースが出てきて、パズルを徐々に埋めていく。

記憶の欠片《かけら》をはめ込むたびに、憶測が憶測を呼ぶ。

疑問は信じがたい「まさか」に変わって、私を激しく動揺させる。

「子どもの頃の負い目で断れないのを利用して、京ちゃんからたくさん自由を奪った。最期になるかもしれないからってわがままを言って、高校も同じ所を受験して通った。少しでも体調を崩したら即入院って制約付きだったけど、一緒にいられるなら全然構わなかった。マリカの送り迎えをするために京ちゃんはバスケ部に入るのを辞めて、好きな人も……青のことも必死で忘れようとしてた」

皮肉を込めた言い回しとは裏腹に、下から覗き込んだマリカの表情は今にも泣きだしそうで——。

こぼれ落ちそうな涙を大きな瞳に揺らめかせ、悲しそうに睫毛を伏せて唇を噛み締めている。

「自分の都合ばっかり押し付けて、京ちゃんが大事にしているものを無理矢理あきらめさせようとしてた……っ」

「マリカ」

肩を震わせてしゃがみ込むマリカを見て、私はほぼ無意識のうちに、彼女の背中に腕を回して、包み込むように抱き締めていた。

腕の中のマリカは、驚くほどほっそりとしていて、息を呑む。

力を加えたら、折れてしまいそうな細さ。

長い入院生活で弱りきっている精神。

すべてを吐き出して一気に感情が爆発したのか、マリカは私の腕にしがみついてむせび泣く。

「……間宮、は」

マリカの肩を優しく撫でつけ、窓の外の青空を見つめる。

すき通るくらいに、鮮やかで綺麗なブルーを。

「いくら過去を引きずっていたって、同情だけでそばにいてくれるほどお人好しなタイプなのかな？　私は違うと思う」

約束という名の束縛《そくばく》か、同情という名の愛情か。

どちらもきっと、限りなく不正解に近い。

だからこそ、お互いが悪い方向に思い込んでしまって、苦しんでいる。

「マリカが大切だから、大事に想ってるから、一生懸命守ろうとしてる」

拙《つたな》い私の言葉じゃ届かないかもしれないけど。

今のままじゃ、全員が悲しいまま、切ない気持ちだけを膨らませてしまう。

想像をした。

もしも、私とマリカが。

あるいは、私と間宮が反対の立場だったらどうしていたか。

「それに――マリカがすべて計算づくで動く性格の悪い人なら、最後まで秘密を暴露したりしないよ」

子どもの頃から入退院を繰り返してきて、みんなと同じ学校生活を送れなかったマリカ。

大声ではしゃぎ回ることも、クラスメイトと遊ぶことも出来ずに、どれだけつらい思いをしてきたんだろう。

体調を崩しては恐怖におびえ、こうして人知れず涙を流してきたのかもしれない。

「ただ間宮のことが好きだったんだよね……？」

私の目からもぽたぽたと熱い滴がこぼれ落ち、頬から顎先へ伝っていく。

マリカの気持ちが痛いほどわかって、涙が止まらなくなった。

鼻がツンとして、胸がぎゅっと締め付けられる。

立場も状況も違うのに、なぜだか深く共感していた。

……始まりは純粋な恋だった。

片想いしているだけで毎日が楽しくて、相手の顔を見ただけでも満足していた。

朝の挨拶。

休み時間のふざけ合い。

授業中に盗み見た背中。

その日一日が終わる放課後の「バイバイ」までの淡いときめき。

くすぐったい感情は、彼のことを知っていくうちにどんどんと欲張りになっていく。

もっと話がしたい。

もっと一緒にいたい。

あと一秒だけでも、ふたりで笑って過ごしたい。

両想いへの憧れが膨らむにつれて、本人の前では恥ずかしいから、素直な態度がとれなくなりながらも、その緊張感にわくわくしていた。

でも、恋に恋していた私は知らなかった。

恋愛は楽しいだけじゃないってこと。

子どもみたいな独占欲や嫉妬。

私の中にも確かに『マリカ』は存在していた。

＊＊＊

あれから、マリカが落ち着くのをしばらく待って、

「少し横になろうか」

と、彼女の体をベッドの上に横たわらせた。

「……マリカの病気のことについて聞いてもいい？」

「………」

ずっと前から気になっていた。

マリカの病名はなんなのか。今どれほど容体が悪いのか。

「……生まれつき、心臓に小さな穴があいてたの。先天性のもので、子どもの頃から
ずっと入退院を繰り返してた」

「心臓病……？」

「わかりやすく言えばそうだね。マリカの胸、小さい時に手術した痕が残ってて気持
ち悪いんだ。見る？」

「……っ」

病名の重たい響きに動揺する。

試すようにジッと私の目を見つめるマリカ。

思春期の女の子が胸に傷跡《あと》を持っている。

それがどれだけつらいことか……。

サラリと口にして見せたものの、真顔な表情とは反対にマリカの肩は小刻みに震えている。

「子どもの頃ね、二十歳まで生きるのは難しいかもしれませんって言われたことがあるの。直接聞いたわけじゃなくて、病室の外から親と先生が話してるのを盗み聞きしたんだけど」

「え……っ」

「でもね、マリカは生きてる。死んでたまるかって思ったし、一度も生きることをあきらめたことなんてなかった」

マリカが真っ直ぐな瞳で私を見る。

こんなのどうってことないと言わんばかりに強気で。

……ううん。強気に見せかけたポーズで。

「つらい治療も、リハビリも、手術だってなんだって我慢した。絶対に病気を治してみせる、負けてたまるかって。どんなことも耐えてきた」

瞳にうっすらと涙を滲ませ、下唇をきゅっと噛み締めるマリカ。

「……どうしてだかわかる？　どうして、マリカがそこまで頑張れたか青にはわかる?」

答えはなんとなく浮かんでいた。

でも、言葉が出てこなくて、絶句したまま硬直していた。

「京ちゃんと一緒にいたいから……っ」

ぽろぽろとマリカの瞳からこぼれ落ちる大粒の涙。

「京ちゃんと、一緒に……マリカも……みんなみたいに普通の生活を送りたかったから」

「うん……」

「近いうちに、今までとは全然違う大きな手術があるの。それに成功すれば、今度こそマリカの願いは叶う。やっと健康な体を手に入れられる……」

「うん」

無意識のうちに、私はそっとマリカの手を両手で包み込んで、泣きながらうなずいていた。

命の重みに触れて、鉛《なまり》が乗っかったみたいに胸が苦しくなる。

「でも、本当は……」

言葉に詰まるマリカ。

その先が読めた私は、ぎゅっと繋いだ手に力を込めた。

「『本当は怖い』んだよね……？」


今まで十五年間、私は健康な体で生きてきた。

時々風邪《かぜ》を引くくらいで、特に大きな怪我をしたことや病にかかったことがない。

学校に通えること。

自由に体を動かせること。

全力で走れる足。

走っても、倒れる心配のない心臓。

勉強が面倒に感じたり、親や友達と喧嘩したり。

毎日がいいことばかりではないかもしれないけれど。

それでも、健康な体をしている限り、それだけでとても幸せなことなのだと気付かされた。

家に帰れば家族がいる。

お父さんやお母さんと談笑しながらご飯を食べる。

自分の部屋に戻って好きなことをして過ごす。

学校に行けば友人達がいる。

たとえ揉《も》めても、あとから反省して仲直りすれば、お互い素直になって前より親しくなれる。

憂鬱なテスト勉強も、苦手な科目を先生や友達に教わって学習してくうちに、解けなかった問題がわかるようになって嬉しくなったり。

好きな人ができて恋をしたり。

今まで当たり前だと思っていた生活は、すべて当たり前じゃなかった。

マリカの病状を知ったショックで、まだ気持ちの整理がつかない。

なぜなら、私が普通だと思い込んでいた生活は、マリカがなによりも憧れていた「理想」だったから。

私がマリカだったら、子どもの頃に二十歳まで生きられないと言われてどう感じただろう。

きっと、深く絶望した。

泣いて、泣いて、どうして自分だけこんな体に生まれたのだろうとまわりを恨《うら》んだかもしれない。

ただ悲観して、投げやりになってたかも……。

でも、マリカは違う。

生きるために、誰も知らないところで誰よりも努力してきたんだ。

若い女の子が耐えるには、あまりにもつらい試練を「絶対に負けるもんか」って歯を食いしばって。

どれだけ強いんだろう。

そして、その強さの裏にはどれほど……。


「マリカの弱いところ、私には見せてほしい」

「弱い、ところ?」

私は鼻をすすりながら、こくんとうなずく。

「私ね、全然……マリカと比べてたら比較にならないくらい小さいことだけど。いつもひとりで悩みを抱えすぎて、誰にも言えないで、最終的にドツボにはまってパンクしちゃうんだ」

つい最近、マミに指摘《してき》されて自覚した。

自分では大したことないって思ってても、悩みって解決するまでもやもやしてさ。すっきりしなくて抱え込んでくうちに、無意識にまた新しい悩みが重なってキャパオーバーしたりする。

誰かに話せば楽になるのに。頭ではわかっていても、まわりに遠慮して誰に話したらいいのかわからなくなるんだ。

相手の迷惑になるんじゃないか、とか。

この程度の悩み、自分ひとりで解決しなくちゃ、とか。

勝手に思い込んじゃってさ。

「――でも、人に聞いてもらうだけで、すごく気持ちが落ち着いたんだ。それですぐに答えが出たわけじゃないんだけど、張り詰めてたものが一気に楽になったっていうか……自分ってひとりじゃないんだなって実感出来たの」

「気持ちが楽に……？」

「そうだよ」

「どうして青はそこまでマリカに構うの？」

理解出来ないといった様子で、戸惑《とまど》いがちに首を傾げるマリカ。

どう伝えるべきか少し迷って、涙をふきながら微笑んだ。

「……そんなの決まってるよ。マリカのこともっと知りたいからだよ。知って、もっと仲良くなりたいから」

改めて言うのは照れくさいけど、それが嘘偽りのない本音。

マリカは予想どおり、信じられないとでも言いたげにあ然としている。

「だってさ、嫌いになれないんだもん。間宮のことでマリカにキツいこと言われたのはつらかったけど……でも、入学式で出会ってからずっと一緒にいた『友達』なんだもん」

高校の入学式。

マリカは計算ずくで私に近付いてきたのかもしれないけど、私は純粋に嬉しかったんだ。

初めは、お人形みたいに綺麗な子だなって思った。

休み時間、他愛ない話をしたり。

移動教室に一緒に行ったり。

お弁当をふたりで食べたり。

放課後、いっぱいメッセージを送り合ったりしたりさ。

マリカとの楽しい思い出がいっぱいあるんだもん。

「全部聞いても……嫌いになんてなれるはずがない」

だって、全部が嘘じゃなかったでしょう？

マリカの笑顔、たくさん見たよ。

私にはない、好き嫌いがハッキリした意志の強さに憧れていたよ。

本気で体調を心配するくらい、自分でも気付かないうちにマリカのことを大切に思ってた。

「……青は馬鹿なの？」

ぎゅっ……。

私の手を強く握り返し、ぼろぼろ泣きながらひどいことを言ってくるマリカ。

「馬鹿みたい。っていうか、馬鹿」

ゆっくりと上体を起き上がらせて、マリカが真っ直ぐ私と向き合う。

そして、一瞬泣き笑いの表情を浮かべた後。

「――だけど」

マリカはそっと、私の肩に両腕を回してしがみついてきた。

「本当はずっと誰かにそう言ってもらいたかった……っ」

痩せ細った華奢な体を震わせながら、ボソリと素直な本音を打ち明けてくれた。

マリカの背中に手を添え「うんうん」と、何度も首を縦にうなずかせる。

そのまま私達はしばらく号泣して、泣きやむまでの間、ずっとお互いの体を抱き締めていた。

それから、どれくらい時間が過ぎただろう。

涙が止まるまで散々泣いた後。

やっと落ち着いてきた頃合いを見計らって、私は本来ここへ訪れた目的を思い出した。

「あ、そういえば。マリカに渡したいものがあるの」

「渡したいもの……？」

こくりとうなずき、持参してきた紙袋を差し出す。

上半身を起こしてベッドヘッドに背中を預けるマリカは、泣き腫らして赤くなった目をくりんと丸くさせ、不思議そうに袋の中を覗き込む。

興味を示してくれたことにひとまず安心して、私はひとつずつ中身を取り出し、説明していった。

「これね、明日からの学校祭で着るうちのクラスのTシャツ。全員、下の名前がプリントしてあるんだよ。あと、こっちは仮装パレードで着る白雪姫の衣装と、テスト対策用の自主制作ノート」

「マリカの分の……？」

青色のクラスTシャツに、そろそろと手を伸ばし、胸元に刺繍《ししゅう》された『1－B・MARIKA』の部分をじっと凝視《ぎょうし》している。

「背中のプリントは一人ひとりにキャッチフレーズを付けて遊び心を加えてみました。マリカの場合は『ミス・うちのクラス　ナンバー1』で私は『走れ・実行委員』。この差はあんまりでしょ」

自分の分のTシャツを鞄から出して見せると、マリカは口元に手を当てて笑みをこぼした。

たくさん泣いてすっきりしたのか、病室に入った直後の刺々《とげとげ》しさは消えていて、すっかり落ち着いたみたい。

「余計なお世話かもって迷ったけど、やっぱりクラスの一員としてマリカと一緒に学校祭に参加したいなって」

学校祭のパンフレットと入場チケットをタオルケット越しにマリカの膝の上に置き、私はにっこりと微笑む。

「あと。最後にこれも」

ここへ来る途中に寄った神社で購入した、健康祈願《きがん》のお守り。それを渡して病室を後にすることにした。

「私はさ……全部を聞いても、やっぱりマリカのことを嫌いになったりしないよ。都合良く聞こえるかもしれないけど、今も好きな友達に変わりはないから」

「………」

「またお見舞いに来るね」

それじゃ、と病室の戸に手を掛けた時。

「青」

後ろから呼び止められて。

ゆっくり振り返ると、マリカが恥ずかしそうに唇を引き結び、

「……ありがとう」

と、シーツをぎゅっと両手で掴み、ポツリと呟いた。

すぐにそっぽを向かれてしまったけれど、心なしか赤面しているように見えるから、照れ隠しでぶっきらぼうになっていることだけはわかった。

マリカは、きっと。

本来は、すごく繊細で不器用な女の子なのかもしれない。

私はマリカに微笑んで手を振り返し、「またね」とひと言告げて病室を後にした。

その時聞こえたのは、ジェット機が空中を横切る音。

廊下の窓から外に目をやると、そこには真っ直ぐな飛行機雲が青空に広がっていた。

＊　＊　＊

「……そっか。青にもいろいろあったんだね」

そして、翌朝。

今日は、いよいよ学校祭当日。

市内の仮装パレードを行うため、今は準備に追われている。

私はクラスの隅っこで瑞希ちゃんの髪をセットしながら、これまでの経緯《けいい》を語っていた。

「心配かけたから、瑞希ちゃんには話しておきたくて。聞いてくれて、ありがとう」

瑞希ちゃんは、机に広げたコンパクトサイズの三面鏡越しに私と目を合わせ、

「大変だったね」

と優しく気遣ってくれた。

「でも、偉いと思う」

「偉い？」

「うん。青はさ、いろんなことがあってもそれを誰かのせいにしたり、相手を嫌ったりしないじゃない？　そういうのって案外、当たり前のようでいて難しいからさ」

「瑞希ちゃん……」

「あたしも青を見習って、もっと素直になれたらいいんだけどな」

がやがやとお祭り騒ぎで盛り上がる教室内。

仮装に出るため、全学年がバタバタと支度《したく》に追われている。

私のクラスは、女子が白雪姫で、男子が七人の小人の格好。

魔女は担任の先生が女装して。

王子は、なんと！　背が高くて、男子よりも凛々《りり》しくて美しい瑞希ちゃんが、多数決によって引き受けることになった。

ヘアブラシで瑞希ちゃんの髪をとかし、スプレーとムースで髪形をオールバックにセットしていく。

最終チェックの化粧なおしを終えると、クラスにいた女の子達は、王子様の格好に身を包んだ瑞希ちゃんのまわりを取り囲み、「カッコ良すぎる！」と絶賛の声を上げた。

王子様に黄色い声が上がる一方、これっぽっちも注目されてない男子達は、

「くそぉ……女子に負けた」

「小人じゃ王子に勝てねぇ」

「つーか、女子の注目、全部あっちに向きすぎだろ！」

人垣の中心にいる瑞希ちゃんを恨めしそうに見て、肩を落としている。

み、瑞希ちゃん……素敵すぎるっ。

正直、うちのクラスのどの男子よりもカッコいい。

男装だってバレなければ、素で美少年にしか見えない。

記念に写メを残しておこうかと、スマホのカメラ機能を開いていると、騒ぎに気付いたケンちゃんが瑞希ちゃんの前に立って。

「ふーん」

上から下を隅々まで全身チェックし始めた。

「な、なによ」

顎に手を添えて唸《うな》るケンちゃんを、瑞希ちゃんは照れくさそうに睨み付けている。

「だから、なによ」

「いやー、前から思ってたけど、瑞希ってやっぱ綺麗な顔してんだな」

「！」

ケンちゃんの何気ないひと言に、瑞希ちゃんの顔がぼっと赤くなって。

「なっ、な……っ!?」

「ん？　どした瑞希――って、お前どこ行くんだよ!?」

――バタバタバタ……ッ！

顔を真っ赤にした瑞希ちゃんは、教室から飛び出していってしまった。

その現場を目撃してしまった私は、ふと直感が働いて、ある点にピンと思いつく。

もしかして、瑞希ちゃん……？

「あれ？　オレなんか変なこと言った？」

自分のことに関しては、からきし鈍感《どんかん》なケンちゃんは、後頭部に手をやり、不思議そうにきょとんとしている。

「ううん。反対に超いいこと言ったよ」

グッジョブの意を込めて、両手の親指を突き立てると。

「素晴らしい。よくやった」

「微笑ましい光景をありがとう」

――ぱちぱちぱち。

私と同じように、後ろに並んでいた小人ルックの佐藤君とノッチが、満面の笑みを浮かべて拍手していた。

ってていうか、ふたり共いつの間に！

「いや、意味わかんねぇーし」

謎のオーケーサインにひとり困惑するケンちゃんに、

「いいんだ、モリケンはそのままで」

「今は気付くな、鈍感野郎《やろう》」

と、ふたりは好き勝手にケンちゃんをからかって遊んでいた。

ふたりから見て公認ということは、私の勘もあながち外れてないということで。

――なるほど。

ふと垣間《かいま》見えた瑞希ちゃんの乙女《おとめ》な一面に愛らしさを感じて、私の口からは自然と笑みがこぼれていた。

一日目の仮装パレードは、午前から正午にかけて行われた。

全学年が、各クラスごとのテーマに添った衣装に着替えて市内を歩く。

学校からスタートして、到着地点の公民館まで行進。

歩行中は道路脇にカメラを構える父兄や近隣に住む人達が顔を覗かせている。

知り合いに呼ばれるたびに、みんな恥ずかしそうにはにかんで手を振り返していた。

校舎から約一キロ近く離れた公民館の広場。そこでパフォーマンスを行い、観覧に訪れた人達にどの出し物が良かったか投票してもらう。

私のクラスは、ミュージカルを真似した短い劇を披露《ひろう》。観客からは、瑞希ちゃんの王子様に注目が集まっていた。

外の気温は三十度を超える真夏の炎天下《えんてんか》。

出番が終わった私達は、すぐさま木陰《こかげ》に移動した。

「暑ーい」

「クーラー欲しい〜」

担任が配布してくれた団扇《うちわ》でパタパタと煽ぐ。

仲のいいクラスメイト達と、

「成功してよかったね」

って小さくハイタッチを交わして五分の休憩を挟んだ後。

『続きまして、プログラム三番。一年C組による――』

次の組がパフォーマンスを始めるので、指定の位置に戻ることに。

額に噴き出た汗をハンカチで拭い、うなじにはり付いた髪を手櫛《てくし》でとかしなおす。

暑くて熱中症《ねっちゅうしょう》になりそう。

コンクリートの地面は陽炎で揺らめき、音響とは別に蝉の鳴き声がフルボリュームで響いている。

……それにしても。

A組の最前列に座る間宮を斜め後ろから盗み見て、私は頬っぺたを熱くする。

まさか間宮のクラスが新撰組《しんせんぐみ》とは……。

額に巻いた白いはちまきや足袋、羽織に袴姿《はかますがた》とか、似合いすぎてて心臓に悪い。

腰に下げている玩具《がんぐ》の刀を抜き差しして、男友達とふざけて遊んでいる間宮。

不覚にも、小学生の男の子みたいにはしゃぐ姿を見て、かわいいとかときめいてしまった自分に赤面する。

なんにせよ、また女子からの人気が上がるだろうなぁ。

うーん。ちょっと複雑。

私以外にも、間宮の方をチラチラ見ているたくさんの視線に気付いていて、げんなりしながら、ため息を漏らした。

まったく。自分の外見が特別目立っていることを、本人は自覚しているんだろうか。

──なんて。

単純にドキドキしていられる、今この瞬間に、心が安らいでいるのだけれど。

自分の気持ちを無理に押し殺さなくていい。

好きなら、好きでいていい。

ありのまま、素直でいていいんだと。

自分に正直になると決めた日から肩の荷が下りて、だいぶ楽になった。

明日の夜にはすべての結果が出る。

告白の返事をもらえるまでの、残りわずかな片想い期間。

もし、間宮からの答えが駄目でも、心から納得して受け入れられる私でありたい。

今度は強がらずに、思いっきり泣いて。

最後は、素直に笑いたい。

そして。

昨日よりも今日。

今日より明日の自分が、少しずつ成長して強くなっていくことを、今の私は願っている。

学校祭の二日間は、あっという間に様々な行事が進んで、時間が過ぎていった。

初日の仮装パレードを皮切りに、二日目からは一般客を招いてのお祭り騒ぎ。

各クラスや部活ごとに、この日のために一生懸命準備してきた。

模擬店やお化け屋敷《やしき》、展示会には、たくさんの人々が訪れてくれて大盛況。

合唱コンクール。

吹奏楽部の演奏。

グラウンドに設置された特設ステージでの野外ライブ。

実行委員の私とケンちゃんは、イベントごとに校舎中を駆けずり回り、同級生や先輩方と協力して、裏方の仕事をこなした。

動きやすいよう、ほぼ一日中クラスTシャツとジャージ姿で過ごしているせいだと思う。

「二－D、メイド喫茶やってまぁ～す！」

いいなぁ。

かわいいウエートレスの格好で接客している人達が、若干羨ましかったりもする。

これが終わったら、すぐ制服に着替え直そう。

「あともうひと息だな」

休憩がてら、ケンちゃんと昇降口に移動する。

入り口でジュースを売っているPTAの父兄から二本購入して、下駄箱の前で休むことにした。

「ほい。プレゼント」

「ひゃっ、冷たっ」

――ピトリ。

ケンちゃんが、そのうちのひとつを私の額に当てて、にっかり笑った。

「後夜祭の後は、クラスの打ち上げか」

「今日一日はやることいっぱいだね」

「打ち上げは、実行委員で活躍したオレらが主役扱いになるらしいし、まだまだバテてる暇はねぇな」

「場所は先生が確保してくれるんだっけ？」

「学年別の総合種目で優勝したら、食べ放題で焼き肉。二位以下だったら安上がりなファミレスだってよ」

「えーっ、全然待遇違うじゃん」

「アイツ、給料日前だからってケチりすぎだよなー」

肩をすくめてみせるケンちゃん。

私も苦笑し、ペットボトルの蓋を開けて口をつける。

渇ききった喉に流し込んだら、舌の上で炭酸が弾けた。

時刻もだんだんと後夜祭に近付き、夕日が西の空に沈み、漆黒に彩られていく頃。

一般のお客さんも帰宅し、残る最後のイベントは、キャンプファイヤーのみ。その準備が整った旨《むね》を告げるアナウンスが校内放送で流れると、全校生徒はグラウンドへ移動し、好きな人同士で固まって方々に散らばった。

直前に体育館で総合部門の結果発表が行われたため、興奮冷めやらない雰囲気でざわざわしている。

うちのクラスは学年別で一位を獲得《かくとく》して、担任の先生が約束どおり、この後の打ち上げで焼き肉をおごってくれることになった。

これには全員のテンションが上がって、大盛り上がり。

結果が出た瞬間、男子達は先生のことを胴上げし、女子達は肩を組み合って喜んだ。

「青とケンちゃんが一生懸命頑張ってくれたおかげだよ」

とクラスメイトに言ってもらえた時には、思わず私も涙ぐんでしまって、みんなが交互《こうご》に抱き締めてくれた。

そして、現在。

布切れを巻いた木の棒に生徒会役員が火を点け、薪を重ねた台に投下しようとしている。

火が燃え移り、生徒のどよめきと歓声が上がった直後。

「私、ちょっと用事があるから行くね」

私は一緒にいた瑞希ちゃん達に頭を下げて、校舎の方へ走っていった。

事情を知っている瑞希ちゃんだけは、片手でガッツポーズをつくってくれて、隣にいたケンちゃん達には聞き取れないほど小さな声で、『ガンバレ』と応援してくれた。

マイムマイムの曲が流れると、生徒が一斉に炎の中心に群がって踊りだす。

長い準備期間が終わり、学校祭が無事に成功した解放感のおかげだろう。みんなが徐々にハイテンションになって弾けていった。

中でも一番盛り上がっていたのは、気合いの入ったかけ声を上げる三年生。ノリのいい人から順に、後輩達も参加して、だんだんと輪を広げていく。

そのほかにも、ファイヤーストームから離れた位置で友達とのんびり談笑する人達。プロレスごっこをしてふざけて遊ぶ男子。この場の雰囲気に乗じて、憧れの先輩や好きな人に記念写真をお願いする女子など、それぞれに自由な時間を過ごしている。

そんな中、私はひとり、喧騒から遠ざかり、誰もいない昇降口のそばで靴を履き替えていた。

「ふー……」
下駄箱の蓋に片手をつき、頭を下げて深く息を吐き出す。
緊張から膝が震えてきて、気を抜いたらその場に蹲《うずくま》ってしまいそうだった。
怖い――けど。
逃げるな、私。
両手で頬を挟み、ぺちんと叩く。
どんな結果でも受け止めるって決めたんだから。
ここで背を向けちゃ駄目だ。
二度目の告白で……私の片思いは完璧に終わる。
楽しかったこと。
嬉しかったこと。
悲しかったこと。
苦しかったこと。
全部を含めて、きっと大事な一瞬だった。
ドラマの脚本みたいにうまくはいかない、不器用な恋愛。
どんな想いでも、後悔せずにいられることは不可能で。

だからこそ、傷付いたぶんだけ後から強くなれるんだ。

——カツン……。


階段の手すりを掴み、一段一段をゆっくりと上っていく。

四階の空き教室にたどり着くと、間宮はまだ来てないみたいで、中はシンと静まり返っていた。

「いない、か……」

しばらくの間ここで待つことに決めて、窓枠に頬杖をつき、外を眺めることにした。

念のため、ここにいるのが先生にバレないよう電気は点けずに、暗闇《くらやみ》の中でひっそりと息を潜める。

壁時計の秒針だけがやたらと耳に響く。

外の灯りが窓ガラス越しに反射して、室内に届くほんのわずかな光。

炎から立ち上る煙《けむり》、たくさんの人の群れ。

スピーカーで流す音響すら、生徒達の話し声のざわめきにかき消されて。

満天の星空の下。

「あ……」

どんなに大勢の人混みの中に紛れていても、たった一瞬で彼の姿をとらえてしまう自分の視力に驚く。

ほかの生徒より、頭ひとつ分は背が抜き出ているから？

それとも、シルエットだけで判別可能なほど、私が遠くからでも見てきた証なのか。

キャンプファイヤーの台から少し離れた位置で、男友達と数人でダべっている間宮。

この様子じゃまだまだ来る気配はないな……。

そう思った時だった。

スカートのポケットで、スマホのバイブが震えだしたのは。

「……？」

【新着メールが一件受信されました】と表示された画面を見て、誰からだろうと首を傾げる。

メールを開くと、そこには予想外の名前があって。

驚くのも当然。

なぜなら、送信者は……。

昨日、会ったばかりのマリカだったのだから。

迷うことなく画面をタップして、すかさず本文の内容を一読する。

すると、そこには、マリカの真剣な想いがぎっしりと綴《つづ》られていた。

【――青へ

昨日はお見舞いに来てくれてありがとう。

最初はびっくりしたけど、嬉しかったです。

マリカの汚《きたな》い内側を暴露して、青には本気で軽蔑《けいべつ》される覚悟でいたのに。

どうして怒ることなく青が受け入れてくれたのか、あの後ずっと考えていた。

でも、考えるだけ無駄だった。

青は、初めから誰に対しても優しくて。

人に敵意を抱《いだ》いたりするタイプの女の子じゃなかった。

友達がたくさんいて、みんなに平等で明るい青に、マリカは正直嫉妬してたんだ。

同じように、マリカと違ってなんでも持っている京ちゃんのことも、どこかでずっと羨ましかった。

健康な体で元気に遊びまわれること。

当たり前に毎日学校へ通えること。

子どもの頃から一番近くにいたのに。

マリカが入退院を繰り返しているうちに、ほかの友達と世界を広げて離れていってしまう京ちゃんに、寂しさを感じてた。

好きだから、置いていかれたくなかった。

ないものねだりでひがんでいても、なにも変わらない。

わかっていても、マリカは自分以外の人の気持ちを無視して、わがままばかり押し付けていたんだ。

こんな性格じゃ、今まで友達ができなかったのも当たり前だよね。

友達をつくる努力もせずに勝手に殻《から》に閉じこもって、京ちゃんや青をたくさん振り回してきてごめんね……。

ちなみに、どこかは教えてあげないけど、ふたりはすごく似ているよ。

でも、京ちゃんのことは、やっぱり簡単にあきらめることは出来ない。

だから、今から連絡して、自分の気持ちを素直に伝えるね。

マリカは京ちゃんが好き。

だから、青も昨日みたく自分の気持ちに正直になって、京ちゃんにぶつかって。

結果がどうあれ、手術を含めたこれからのことも、今なら前向きに受け止められるよ。

きっかけをつくってくれてありがとう。

最後に、いっぱいごめんなさい。】

長い、長い。

一通のメールに込められた、マリカの正直な本音。

無意識に後半は声に出して読んでいて。

「……っ、はっ……」

最後の部分では、口元に手を当てて、涙を流していた。

液晶画面にぽたぽたと目頭から落ちた水滴が跳ねて、視界が揺らぐ。

マリカがどんな想いでこのメールを書いたのか、想像しただけで胸が張り裂けそうだった。

「うっ……うぅ……」

スマホを額に押し付けて、声にならない声で泣いた。

マリカが語ってくれた正直な気持ち。

それは、嘘偽りのない純粋な言葉で綴られていた。

健康な体で過ごせることへの憧れ。

同時に嫉妬。

病室で過ごすマリカにとって、外の世界を繋いでくれる間宮の存在はとても大きかった。

だから、その間宮が離れていくことに、なによりも不安を感じていたんだよね？

相手を縛り付けて平気でいられるわけなんかない。

本音を隠して、わざとわがままに振る舞っていたんじゃないのかな。

……私は、どうしてマリカの気持ちに気付いてあげられなかったんだろう。

マリカを苦しめていた原因のひとつが自分にあると知った時、内心では動揺した。

ショックを受けたし、なんて言えばいいのかわからなかった。

でも、だからこそ思ったんだ。

もっと早くに本音を伝えていれば。

初めから嘘をつかずに、マリカと向き合えばよかったって。

間宮に失恋したけどまだ好きだって正直に打ち明ければ、マリカをこれほどまで苦しめずに済んだかもしれない。

マリカのためを思って隠していたはずなのに……。

いつの間にか、自分が傷付かないように守りの姿勢に入っていたことに気付かされたから。

ごめん。

ごめんね、マリカ。

そして、そんな私に「自分の気持ちに正直になって」って言ってくれて、ありがとう……。

——ドォ……ンッ！

外から花火の打ち上がる音が聞こえ、室内に光が降り注いで明滅《めいめつ》する。

後夜祭のラストを飾る盛大な打ち上げ花火。

切なさに心が軋んで、鈍い痛みに私はうめく。

止まらない涙を手の甲で何度も拭いながら、泣くな、泣くなと言い聞かせて、きつく歯を食いしばる。

「……、っ——」

夜空に連続して打ち上がる火花は、赤く、青く、白く。色とりどりに咲き乱れ、鮮やかな光を放っている。

立っていられなくなった私は、顔中を両手で覆い、壁に背を当てて、その場にずるずるとしゃがみ込んだ。

脳内でひたすらリプレイしていたのは、馬鹿みたいに、真っ直ぐに間宮を想っていた、中学時代の過去。

——お前ら絶対に付き合ってるだろ。

——は？　ありえないしっ！　ていうか、なんで私が間宮なんかと。

──いやいや。それはこっちのセリフだから。お前が先に否定すんなや。

同級生にひやかされ、ムキになって否定する私と、横からすかさず突っ込みを入れる間宮。

『水野はないわ』

って言いながら、私の頭に顎をのっけてからかう間宮に、期待半分でいつもどきどきしていた。

冗談交じりの意地悪も本当は好きだった。

一秒ごとに刻まれる秒針。

戻らない過去。

進んでいくしかない未来。

後悔しないと決めた。

決めたから、せめて今だけは、誰にも見られずに号泣したい。

体育座りの格好で膝頭に額をうずめ、スマホを握り締めてしゃくり上げる。

大丈夫、私はちゃんと頑張ったよ。

自分の気持ちから逃げずに向き合ったよ。

ぎゅっと目をつぶった──、その時。

タン、とドアの向こう側から聞こえてきた足音に、反応して睫毛の先が震えた。

廊下から感じた人の気配はどんどんこっちへ近付き、空き教室の前でピタリと止まる。

まさかと信じられない思いで目を見開き、そっと頭を上げる。その瞬間、一際大きな花火が轟音と共に打ち上がり、閉会式を告げるアナウンスが、スピーカーを通して流れた。

わあ、と盛り上がる歓声と拍手。

静かに開く目の前の扉。

涙が再びこぼれ落ち、前髪をくしゃりとつかんで首を横に振った。

室内に足を踏み入れて、彼は真っ直ぐ私の前まで歩いてくる。

立ち上がれない私の前にかがみ込み、大きな手のひらで私の髪に触れて優しく撫でる。

「遅れてごめん」

走ってきたのか、若干息を弾ませて額に汗を浮かべている間宮。

「う、そ……」

夢うつつの状態で、私は数回瞬きを繰り返した。

「なんで……？」

自分から待ってると言っておいたくせに、質問が支離滅裂《しりめつれつ》だ。

でも、それぐらい目の前に間宮がいることに対して実感が湧《わ》かない。

「……ついさっき、マリカから電話がきて……いろいろ話してきた」

「マリカが……？」

「それで――マリカに言われた。『もういい加減自分の気持ちに正直になっていい』って」

言いにくそうに口ごもる間宮の様子から、マリカに告白されたことを伏せようとしているのが伝わって、なにも言わずにコクリとうなずいた。

「俺が今まではっきりしてこなかったから、中途半端に水野やマリカを傷付けてきたと思う」

「そんなこと……」

「いや、実際にそうだったから。そこは否定しないで聞いてほしい」

私の手を掴み、間宮がひと呼吸置いて真剣な眼差しで告げる。

視線がぶつかった
「――本当にごめん」

そして、耳元に寄せられた唇からボソリと呟くように、ひと言。

それは、たった三文字の、夢見ていたセリフ。

手に入らないと思っていた言葉を――。

「嘘だ……」

「嘘じゃないから」

「……うぅ……っ」

「とりあえず泣きやめって。鼻水垂れてるから」

頬の肉をつままれ、私は不細工な泣き顔のまま鼻をすすって間宮を睨み付ける。

だって、ずるいよ。

そんなに余裕たっぷりの笑顔でサラリと大事なことを口にするなんて。

「なんか軽い……」

「軽いってお前、人のマジ告白を」

でも、月明かりに照らされて間宮の頬も赤く染まっていることがわかったから、私も苦笑し返す。

――グンッ。

瞬間、力強く腕を引き寄せられて、間宮に片腕で頭を抱え込むように抱き締められた。

もうふたり共、笑ってなんかいなかった。

ただお互いに触れて、離れていたくなかった。

間宮は眉間に皺を寄せて、切なげにもう一度だけ「好きだ」と言ってくれた。

「……バレンタインの時、水野に告られて本当はすごく嬉しかった」

「…………」

「でも、マリカのことがあって。アイツは大事な幼なじみだから放っておくことが出来なかった」

「うん、わかってるよ……」

「マリカを選んだ時点で、水野への気持ちは忘れなきゃいけないと思った。……けど、無理だったわ」

「……ふっ」

「もう一回、ぶつかってきてくれてありがとな。お前のおかげで、自分に正直になれた」

「間宮……っ」

私は間宮の広い背中に腕を回し、肩口に額を押し付けて思いっきり号泣した。

体温が上昇してクラリと眩暈がする。

両手で優しく頬を持ち上げられ、瞬きをする間もなくゆっくりとふさがれた唇。

柔《やわ》らかな感触に睫毛を伏せて目を閉じ、ぽろぽろと涙を流す。

キスの後の余韻。

真っ赤になった私を見て小さく噴き出す間宮に、恥ずかしいくらい高鳴る鼓動。

同時に笑って、実感する。

温かな感情。

緊張して火照った体。

いろんなことを振り返りながら。

たとえどんなに傷付くことがあったとしても、自分の気持ちを偽らない勇気を持つことが大切なんだと。

もう心に嘘をつかなくていいよ。

正直になっていい。

まわりの支えてくれる人達に感謝をしながら、本音で向き合っていこう。

素直な気持ちで、一歩ずつ前に進んでいきたいから。


マリカと出会って知った、命の尊さ。

今、当たり前にしていることは、すべて「当然」じゃないんだ。

いろんな奇跡が重なって、私達はここにいる。

もし、今後、投げやりになったり、悲観しそうになったら。

私はきっと、マリカの言葉を思い出す。

『一度も生きることをあきらめたことなんてなかった』

その言葉を口にするまでに、マリカがどれだけの困難を乗り越えて葛藤してきたか。
想像を絶する努力に、私は「生きる」ことへの考え方が変わっていったんだ。
普通の日常がどんなに幸福なことか知った。
そして、その日々を今まで以上に大事にしていきたいと思った。
私の大切な友達がそれを教えてくれた。
ありがとう、マリカ……。

そして、間宮。
私ね、間宮に恋して、いろんな自分を知ることが出来たんだ。
好きな人と話すだけでドキドキしたり。
横顔を盗み見てときめいたり。
ちょっかい出されるのも、毎回心臓が破裂しそうなくらい緊張したり。
間宮といると、照れくさくてそわそわする。
すごく幸せな気分で満たされる。

……でも、好きだから苦しくて。
胸が張り裂けそうで、切ない涙を流してきた。
だけど。
君を想って流した涙の数だけ、私は成長出来たの。
恋愛って常に楽しいことだけじゃないし、時にはつらい時もあるけど。
それでも、誰かを「好き」になれるってすごく素敵なこと。
これからも、いろんな気持ちをふたりで育んでいけるように、真っ直ぐ前を向いて
誓《ちか》うよ。

涙想いな私達が見つけた答え。
それぞれが不器用でひたむきに。
これからも、純粋な気持ちと向き合いながら――……。

END

番外編

「あと−1℃のブルー」

「すみません。友人に贈《おく》るミニブーケをお願いしたいんですけど……」

病院まで向かう途中、住宅街の一角に建つ、レンガ造りの花屋さんを見つけた私は、急きょそこで花束を購入することにした。

「贈られる相手の方へのイメージや、ラッピングの要望等ございますか？」

長い髪をひとつに結んで肩に垂らしている、優しそうな雰囲気の店員さんに聞かれる。

「ええっと……。イメージ的には」

私の中のマリカに対するイメージ。

外見は、はかなくて可憐。

でも、内面は、誰よりも……。

「我慢強い、かな」

「なるほど。では、ご用途は、どのようにお使いになられますか？」

「退院祝いです」

「快気祝いですね。でしたら、こちらの花などいかがでしょうか？」

ショーケースに飾られた商品の中から、店員さんが何種類かの花をチョイスしてくれて。

「オレンジのガーベラは『我慢強さ』という意味があるんですよ」

にっこり微笑み、ガーベラと一緒にピンクや白の花で、綺麗なミニブーケを作ってくれた。

「わぁ、かわいい」

「どなたに贈られるご予定ですか？」

「同級生です」

「お友達の方、良くなられたようで、よかったです」

優しく微笑む店員さんにつられて、私も自然と笑顔を浮かべていた。


蝉の鳴き声が響き渡る、八月下旬。

前期が修了し、夏休みに入ってから私は、定期的にマリカのお見舞いに病院を訪れていた。

そして、今日は念願の退院日。

特別な日なので、正装まではいかないけど、普段よりオシャレなものを選んだ。

レース付きのカットソーに、キュロット。足首には短いフリルソックス。そして、最近買ったばかりのプレーントゥシューズ。

ヒールの入った靴は怪我をしやすくて苦手なので、ついつい動きやすい靴を選んでしまう。

髪の毛は、下の方でゆる三つ編みにしている。

早くマリカに渡したいな……。

片手に握ったミニブーケを見て、口元が綻ぶ。

嬉しい気持ちで胸がいっぱいで、病院へ向かう足取りも心なしか弾んでいた。

学校祭が終わってすぐ、マリカは心臓の手術を行った。

当日は、マリカとマリカの両親にお願いして、手術室の前で待たせてもらうことに。

『マリカにとって、こんな手術、どうってことないから。面倒くさいから、早く終わってほしい』

手術室に向かうまでの間、病室で強がりつつも、不安で手を震わせるマリカの手をぎゅっと握って、

『夏休みになったら、外に遊びにいこうね』

と、彼女が少しでも安心出来るよう微笑みかけた。

『……うん。青とふたりで出かけたことないしね』

『どこに行きたいか、たくさん考えておいてね』

『ショッピングとか、映画とか……あと、プリクラ撮りたい。友達と撮ったことないから』

『オッケー。いっぱい撮ろうね』

『でも、青とふたりがいいから、京ちゃんはついてこないでね。デートの邪魔だから』

マリカが、ぎゅーっと私の腕にしがみつき、ベッドの端に座っていた間宮に意地悪く舌を出す。

『邪魔って、おま……っ』

『マリカは青と違って、自分に落ちなかった男はどうでもよくなるタイプだから。いつまでも気があるとか勘違いしないでよね』

『おいコラ』

『それに、今は京ちゃんなんかより、青の方がずっとずーっと大好きだから！』

えへへっとはにかみ、それから私に満面の笑顔を向けるマリカ。

かっ、かわいい……！

なかなか懐かなかった子どもが、やっと自分だけに甘えてくれるようになったような。赤ちゃんみたいにかわいいマリカに胸がキュンとなって、思わずぎゅっとハグしてしまった。

複雑な三角関係だったこともあり、間宮と付き合い始めた当初は、マリカとどうなるか心配していた。

だけど、お互いの本音を正直にぶつけ合ったあの日から、私達は少しずつ本当の親友に近付いていって。

入院中、何度もお見舞いに行っているうちに、マリカが心を開き始めていることを、私は感じとっていた。

今では、本当に大好きな親友で。

だからこそ、こうして自分に甘えてきてくれるのがすごく嬉しい。

本当に、彼女と出会えてよかったって思ってる。


『マリカ……頑張れ』

手術中は、気持ちがずっと落ち着かなくて、マリカの両親と、間宮とみんなでそわそわしていた。

『絶対絶対、成功しますように』

って、目をつぶって、何度も何度もお祈りする。

心臓がバクバクして、気が気じゃなかった。

直前までマリカは強がっていたけど、本当は繊細で、我慢が先に立つ子だから……。

待っている間は、時間の感覚がなくなって、一分、一秒が、とてつもなく長く感じた。

間宮と繋いでいた手のひらも、じっとりと汗が浮かんで。

でも、ふたり共、そんなこと気にならないくらい真剣に、手術の成功を祈っていた。

——だからこそ、すべてが終わった時。

お医者さんが、マリカの両親に、

「しばらくは安静しないといけませんが……。今回の手術は、無事に成功しました」

って報告しているのを聞いた時、涙が溢れて止まらなくなったんだ。


——コンコン。

病室のドアをノックして、引き戸を静かに横に引く。

「マリカ、退院おめでとう！」

「青！」

部屋の中には、身支度を整えるマリカと、マリカの荷物を片付けているマリカのお母さんがいた。

「青ちゃん、来てくれてありがとう。おばさん、今から先生にご挨拶してくるから」

マリカによく似た美人のお母さんは、にっこりと会釈をして個室から出ていく。

間宮いわく、マリカの女友達は私が初めてだそうで。そのことを、誰よりも喜んでいたのが、マリカの母親だったらしい。

私がお見舞いに来ると、いつも優しくしてくれて、とっても素敵なお母さんだ。

「来てくれてありがとう。みんなのおかげで、無事に退院することが出来たよ」

マリカは、腰掛けていたベッドから立ち上がり、小さくお辞儀をする。

「これ、ちょっとしたものだけど。退院祝いに」

「えっ、かわいい……！」

花屋さんで綺麗に包装してもらったミニブーケをマリカに差し出すと、マリカは大きな目を丸くして、嬉しそうにそれを受け取ってくれた。

「一応ね、マリカをイメージして作ってもらったんだよ」

「どうしよう、すごく嬉しい。マリカ、こんなことしてもらえるなんて思ってなかったから……」

――じわっ。

マリカの瞳が潤んで、片手で口元を押さえながら、小刻みに肩を震わせている。

「マリカ。退院、本当に本当におめでとう！」

すぐにグチャグチャの顔になって泣きだす子どもみたいなマリカを、ぎゅっとハグする。

マリカと仲良くなってから、改めて気付いたことがたくさんある。

マリカは、好き嫌いがハッキリしていて、ちょっぴりわがままなところもあるけど、案外、繊細で、涙もろくて。

一度心を開いた相手には、とっても素直な女の子になるということ。

前までなら……けっして私の前で涙を見せず、平気な顔してツンと強がっていたと思う。

ある意味、わかりやすいって言えば、わかりやすい性格なのかもしれない。

「青……。退院、予定より遅くなって、もうすぐ夏休みが終わっちゃうけど……マリカといっぱい遊んでくれる？」

「もちろん。夏休みとか関係ないよ。これから、たくさん、いろんな所に遊びにいこうね」

「……プリクラも？」

「プリクラも！」

「学校でも、また前みたく、一緒にお弁当食べてくれる？」

「当たり前じゃん。たまに、ケンちゃん達のグループにも合流して、みんなで遊んだりしようよ」

「ケンちゃん、って。……ああ、あの声のでかい男子か」

「ははっ、そうそう。みんな、マリカが来たら喜ぶよ。特に男子」

「だろうね。マリカ、学年で一番かわいいから」

「……うん。事実だけど、自分で発言出来ることがすごいよね」

「？」

ふたりで目を合わせて。

次の瞬間、

「ぷっ」

ってふたりでお腹を抱えて、同じタイミングで噴き出した。

「そういえば、京ちゃんは？」

「間宮は、他校との練習試合で朝から出かけたみたい。昨日、メッセージが送られてきてた」

「もう。大事な幼なじみの記念すべき退院日に顔出さないとか、デリカシーないんだから！」

「あとで『マリカがたいそうご立腹でした』と伝えておきます」

「けど、まあ……バスケ部で頑張ってるなら……許す……」

「……だね」

そう。

学校祭が終わって、しばらくした頃。

夏休みが始まる少し前に、間宮は男子バスケ部に入部した。

もともと、中学の時から県内でも有名なプレイヤーだった間宮は、入学時から何度も勧誘《かんゆう》されていたみたい。

今まではマリカの件があったので、お誘いを断っていたけど。

マリカから自由になっていいと言われてから、自分の気持ちに正直になって、もう一度バスケに専念することにした。

なので、夏休みに入ってからも、数えるほどしか間宮と会えてなかったりする。

「京ちゃんが本当にやりたいことをしてくれてよかった……」

病室の窓際に立ち、私に背を向けてポツリと呟くマリカ。

「マリカのわがままでいろんなこと我慢させてたこと……今は本当に悪いことしたなって反省してるの」

「マリカ……」

「勝手な独占欲で相手を縛り付けるなんて最低だよね。誰だって自由に生きたいのに」

「…………」

「だから、これからは自分の気持ちに正直になって、やりたいことをしていってほしいんだ……」

真夏の日差しが室内に差し込み、温かな陽気に目を細める。

「……うん。そうだね」

私も静かに微笑み、彼女の気持ちに同調する。

病室の外。熱く、地面を照りつける真夏の太陽と、雲ひとつない青天の青空。生い茂《しげ》る緑の木々から、蝉の鳴き声がジリジリと響き渡っていた。

マリカの退院手続きが終わり、病院で別れた後。

夏休みの課題をしに市立図書館に来ていた私は、個別に仕切られている机の上にテキストを広げて勉強していた。

毎年なんだけど、苦手な数学だけ最後まで後回しにしちゃうんだよね。

ギリギリになるまで放置した結果、いつも泣きを見るという……。

文系は得意なんだけど、理系科目は大の苦手。

初めは家でするつもりだったんだけど、部屋のクーラーの調子が良くないのと、静かな場所の方が集中して取り組める気がしたのとで、図書館を選んだ。

周囲には、私と似たような学生がチラホラ見える。

ええっと……Xの二乗をかけて、Yが……。

むむむ。

眉間に皺を寄せて、シャープペンシルの頭を口元に当てながら考え込んでいたら。

――ブーッ、ブーッ。

トートバッグの中からスマホのバイブ音が響いて。

音が周囲の邪魔にならないよう、バッグを胸に抱きかかえて、極力音漏れしないようにした。

短いバイブ音……ってことは、新着メッセージだ。

机の下で、そっと画面をチェックすると。

【練習試合終わった。今から会える？】

と、間宮から短いメッセージが入っていた。

「！」

最近、部活が忙しくて、ずっと会えてなかったせいかな。

間宮から連絡してくれたってこと自体がすごく嬉しくて。

それだけで、耳がぼっと熱くなった。

はっ。急いで返事しなくちゃっ。

【うん。大丈夫だよ】

【じゃあ、駅前のバスターミナルんとこで待ってるわ。そこら辺で適当に時間潰してる】

【了解！　すぐ行くね！】

——カタンッ。

返信するなり、すぐさま勉強道具を鞄の中にしまい込み、急ぎ足で図書館を出た。

——たっ、たっ。

——タッタッタッ……！

のんびりなんかしていられなくて。

早歩きが、駆け足になって。

「はっ……はっ……」

浅く刻む呼吸音。

蒸し暑さで、額に浮かぶ汗。

気付いたら、自分でもびっくりするくらい全力疾走で、待ち合わせ場所までダッシュしていた。


「間宮！」

駅前まで走り続けて、膝がガクガクする。

バスターミナルの待合室で漫画誌を読んでいた間宮は、入り口に立つ私を見て片手を上げた。

「お……っお待たせ……っ」

ぜえぜえと息をしながら椅子の背に片手をついて、間宮の隣に立つ。

間宮は、制服の半袖シャツにズボン姿。空いている隣の席に、斜め掛けの大きなスポーツバッグを置いている。

「水野、汗だくっつーか、顔面ひどいことになってるぞ」

「……ッ」

「つーか、なんで、そこまで急いで来たの？」

「そ、んなの……っ」

間宮に一秒でも早く会いたかったからに決まってるじゃん！

……なんて。思ってても、恥ずかしくて口にできないわけですが。

かーっと顔が熱くなり、額の汗を拭いながら、ぷいっとそっぽを向く。

間宮は、きょとんとしたフリをして、本当はなんで私が急いで来たかわかっているに違いない。その証拠に、すごく嬉しそうにニヤニヤしている。

「さあ、どうしてかなあ～。水野さん？」

「べっ、別に大した理由なんてないしっ」

「本当かなぁ～、疑わしいなぁ。もっと正直になってもいいんだよ、青ちゃん」

「……っぅ」

――ボッ！

冗談交じりとはいえ、さりげなく下の名前で呼ばれて、耳が反応してしまう。

もうやだ。悔《くや》しすぎる。

「ふはっ、本当お前ってウケんな。全部顔に出てる」

ごまかしようがないくらい、ゆでダコ状態で赤面する私を見て、間宮が噴き出す。

「とりあえず、コレ使えよ。一応、未使用なやつだから」

「あ、ありがとう……」

スポーツバッグから、未使用のタオルを取り出して私に手渡すと、間宮がすっと立ち上がった。

「ちょい、そこ座ってて」

「うん？」

間宮がどこに行くのか、視線で後ろ姿を追うと、自販機の前でお財布を出していた。

どうやら、喉が渇いていたみたい。

私も走り過ぎて喉がカラカラだったので、間宮と交代で飲み物を買いにいこうと思った。

夕時だからか、バスターミナルは閑散としていて、窓口係の人とバス待ちしている数人を除いて、待合室の座席は空席が目立つ。

窓から差し込む夕日に照らされて、視界がオレンジ色に染まる。

「ほら」

「ひゃっ」

——ピトッ。

冷たい容器を軽く頬に押し当てられて、ビクンッと肩が跳ね上がる。

「いとしの彼氏のために、一生懸命走ってきたご褒美《ほうび》」

ニッと意地悪く目を細めて、口角を持ち上げる間宮。

「なっ……ななな」

だ、誰がいとしの……かかか、彼氏、とか。

「ふ。水野、超顔真っ赤。反応しすぎだろ」

くしゃっ。

間宮が私の前髪を撫でて、ぽんぽん叩く。

もう完全に子ども扱いでからかわれてるし。

心臓がドキドキし過ぎて破裂しそう。

さりげなくくれた飲み物も、私の好きなスポーツ飲料水だし……。

中学の時、部活の後によく飲んでたの、もしかして覚えててくれたのかな?

「……いとしのとかは余計だけど。飲み物、ありがと」

小声でつぶやき、ペットボトルの蓋を開ける。

渇ききった喉に流し込んだら、スーッと体中に染みわたった。


「今日、マリカに退院祝いの花束を渡してきたよ」

「練習試合があって行けなかったけど、水野が行ってくれて助かった。アイツ、元気にしてた?」

「うん。一応、退院はするけど、まだ復学は出来ないみたい。自宅でもリハビリを始めて様子見しながら、今後のこと考えてくって」

「……そっか。でも、ひとまずマリカの体調が良くなって安心したわ。ありがとな、水野」

首の後ろ側を押さえて、間宮が安心したように息を吐き出す。

「らっしゃい、らっしゃーい！　そこのおふたりさん、おっちゃんが作った特製お好み焼き、食べてかないかい?」

マリカの話をしていると、横から屋台のおじちゃんに声をかけられた。

鉄板の上のジューッと焼かれているお好み焼きからは、香《こう》ばしい匂い。

——ぐるるる……。

私も間宮も体を動かしていたからか、匂いにつられてお腹が鳴って。

間宮と顔を合わせ「半分こずつする？」と確認してから、ひとつ買うことにした。

「はいよっ、ソースの上にたっぷりマヨかけとくよ～！」

頭にタオルを巻いたおじちゃんがニッカリ笑い、少し多めにトッピングをしてくれた。


——そう。

実は今、私達は地元の夏祭りに遊びにきている。

間宮が私を呼び出したのは、ふたりでお祭りへ来るため。

私はマリカの退院日や、宿題のことですっかり忘れてたんだけど、間宮はだいぶ前から、私を誘おうと思っていてくれたみたい。

地元の夏祭りは、毎年八月の下旬に行われている。

開催《かいさい》場所は、商店街の通りから一本裏路地に入った所。

期間中は通行止めになるため、路上に数多くの屋台や出店がズラリと並んでいる。

日没を過ぎて空の色も暗くなり、星が輝きだす時刻。

出店の灯りや人々の賑わいが、自然と心を弾ませてくれる。

「とりあえず、適当に食べるもの買って、橋んとこ行って食うか」

「うん!」

「もし食べたいものとかあったら、店探すから言って」

「んーと……。じゃあ、りんご飴」

「お前、ホントそれ好きな」

夜になるにつれてどんどん人の数が増えて、歩道幅が狭《せま》くなる。

すれ違う人達とぶつからないよう、肩を縮めていると。

あ……。

間宮がさりげなく私の肩に手を置いて、人混みから守るようにガードしてくれた。

付き合ってから、前より自然に触れてくるようになったというか。

間宮は、すごく優しくなった。

いや、前から優しいことは優しかったけどさ。

それ以上に、意地悪でガキっぽかったし。

もちろん、今もそこは変わりはないんだけど、なんて言えばいいんだろう?

歩く速度を私のペースに合わせてくれたり。

私が話をする時、背を屈めて耳を傾けてくれたり。

ふたりで並んで歩く時は、必ず道路側、とか。

ちょっとしたことなんだけど、その気遣いが嬉しくて、胸がキュンってなるんだ。

まだ慣れないながらも、私は本当に間宮の彼女になったんだなぁ……って、実感するというか。

まだ緊張してて、ぎこちなさも残りつつ、カレカノなんだなって実感するたび、胸の奥がじんわり熱くなるんだ。

「あれ？　あそこにいるのって……」

人混みの中、クレープ屋の前に並ぶ、見慣れた男女の姿を見つけてハッとなる。

野球部のユニフォームを着たガタイのいい男の子と、前髪に蝶のヘアピンを付け、紺地の浴衣を着ている、クールビューティーな女の子。

私がじっと見ていたせいか、視線に気付いたふたりがこっちを振り返った。

「あれっ、青じゃん！」

「あっ、本当だ」

「ケンちゃん、瑞希ちゃん……！」

ケンちゃんが野球帽をかぶっていたのと、瑞希ちゃんのヘアスタイルがいつもと違ったせいか、遠目からじゃわからなかったけど。

シルエットが似てるなぁって思ってたら、やっぱり本人達だったみたい。

ふたりのそばに駆け寄ると、

「よっ。久しぶりだな」

ケンちゃんがニッと笑って、子どもにするみたいに私の頭をわしわし撫でて。

「……どうも」

すかさず、私の横にいた間宮が挨拶をしながら、ケンちゃんの手首を掴んで引き剥がした。

そのままふたりは無言でバチバチと睨み合い、なんだか妙な雰囲気に……。

「あはは。彼氏、嫉妬心丸出しでかわいいね」

「ご、ごめんね……。嫉妬、かどうかはわからないけど、間宮が敵意むき出しで……」

「いいの、いいの。それより、久しぶりだね。夏休みに入ってから元気にしてた？」

「うん。元気にしてたよ～。っていうか、今日の瑞希ちゃん、すっごく綺麗！　浴衣似合ってるよ」

化粧のせいか、普段よりもぐっと大人っぽくて色気がある瑞希ちゃん。もともと美形なのに、セクシーな浴衣姿で美人さがいっそう増している。

見とれていると、瑞希ちゃんは照れくさそうに苦笑して。

それから、口元に手を添えて、こそっと内緒話をしてくれた。

「今日さ、ケンが部活が終わった後予定ないって言ってたから思い切って自分から誘ってみたんだ」

「……！」

「あたしも青を見習って、ちょっと頑張ってみようかなって。お姉に手伝ってもらって、髪とか、化粧とか、浴衣とかいろいろしてもらって」

「瑞希ちゃん……」

「柄じゃないのはわかってるんだけど、案外楽しいもんだね。好きな人にかわいく見られたいって努力するのって」

「……私、応援する！　誰よりも一番、瑞希ちゃんの恋がうまくいくよう応援してるからねっ」

――ガシッ。

瑞希ちゃんの手を両手で包み込み、全力でエールを送る。

一瞬、面食らったような顔をした瑞希ちゃんだったけど、すぐに顔を綻ばせて、

「ありがとね」って、嬉しそうに微笑んでくれた。

その笑顔にきゅーんと胸が締め付けられて、女同士なのに本気でときめいてしまいそうになる。

「おーい、行くぞ瑞希ー」

「じゃあ、そろそろ行くね。またね、青」

ケンちゃんに呼ばれて、手を振りながら去っていく瑞希ちゃん。

あんなに美人で一途《いちず》な子に想われてるのに、ちっとも気付かないなんて、ケンちゃんって鈍感すぎる！

でも。なんとなくだけど、この先、ふたりの仲はうまくいくような気がするんだよなぁ……。

長年連れ添ったパートナーみたいに息の合ったふたりだもん。

頑張れ、瑞希ちゃん。

今度は、私が瑞希ちゃんの恋を見守っているからね。

ケンちゃん達と別れ、私達は橋の下の休憩所で、出店で買ったいろんな食べ物を口に運んでいた。

「あのさ、いくつか聞きたいことがあるんだけど」

「聞きたいこと？」

「えー……っと、あー、あれだあれ。アイツのこと」

「？」

「だから、今しゃべってた奴。男の方」

「ケンちゃんのこと?」

「そう、そいつ。森田のこと」

「ケンちゃんがどうかしたの?」

急に神妙な顔つきになって、変なことを聞いてきた間宮。

りんご飴を舐めていた私は、きょとんと首を傾げ、言いにくそうにしている間宮の顔をじっと見つめた。

「だから……、あー、やっぱいい。やめた。言わねぇ」

「えっ、ちょ、そこまで名前出されたら気になるんですけど!」

「…………」

「はい、そこ。自分で話振ったんだから、最後まで責任持って説明してください」

「はあー……」

片手で目元を隠し、間宮が深く息を吐き出す。よほど言いにくい内容なのか、眉間に皺を寄せて口を開いては閉じてを繰り返し、苦悶の表情を浮かべている。

じれったくて、問い詰めるような目で、下からじっと顔を覗き込む。

すると。

「……っ、この前、お祭りの時、森田となに見て回った?」

やけくそ気味に顔を真っ赤にさせて、間宮が早口で質問してきた。

「へ……？」

「だから、お前アイツとふたりでお祭り来てたじゃん」

「ふたりで……、って、ああ。神社のお祭りのこと？」

「あん時、森田とすっげぇ楽しそうにしてたよな。つーか、普段から、アイツお前にべたべたしすぎだっつの」

「ま、間宮……？」

自分で話しながらいろいろと思い出しているのか、間宮は心底面白くないとでも言いたげに、テーブルに片肘をついて、ふてくされた顔をしている。

「前のカラオケん時も、俺より先に水野の番号聞いてたし」

「あ。そういえば」

「そういえば、じゃねーよ。しかも、俺だってまだ——」

間宮がなにか言いかけた時。

「おぉ～い！　そこにいんの、もしかしなくても、間宮と水野じゃね⁉」

続きの言葉に被さるように、頭上からキンキン声が聞こえてきた。

ふたりで声のした方にぱっと顔を上げると。

「あ、やっぱそうだ！　ビンゴ～♪」

両手でビシッとゲッツのポーズを取りながら、無駄に爆笑している三波がいた。

ハイビスカスのアロハシャツに、ハーフパンツ、サンダル姿の三波は服装からしてド派手で。

なによりも目立つのは、金髪に染めた髪と、小麦色に焼けた肌。首元にはじゃらじゃらとアクセサリーが光っている。

ひと昔前のギャル男を彷彿《ほうふつ》とさせるような三波の姿に、思わずあんぐりと口を開けてしまった。

「三波、チャラッ！　どうしちゃったの、その頭⁉」

私達が座っている場所まで、イカ焼きを食べながら歩いてきた三波に、すかさず突っ込む。

「コレ？　夏休みに入ってソッコーでブリーチした。高校入ったら髪染めるって、前から決めてたんだよねぇ～」

「染めるのはいいけど、てっぺんの方プリンになってる」

「つーか、お前どこのギャル男だよ。全体的にうさんくせぇぞ」

予想と違って、私と間宮の反応が微妙だったからだろう。三波は、肩まで伸びた金髪の毛先をくるくると指先に絡め「ちぇー」と唇を尖らせた。

「なんかこの頭見た奴、全員似たような反応なんだけど。凹むわぁ～」

「三波と会うの、前にファミレスでプチ同窓会して、みんなで中学行った時以来だね」

「うぉいっ、水野。ナチュラルに流すなや。水野か間宮、どっちかフォロー入れろや！」

「フォローもなにも、微妙すぎて反応出来ねぇよ」

両手で頭を抱えて、納得いかなそうに吠《ほ》えている三波。

相変わらずのハイテンションぶりに、間宮と目を合わせて苦笑していると。

「三波ーっ、ひとりで勝手に先行ってんじゃねーぞー」

「おい、置いてくぞ」

橋の向こうから、三波の連れらしき三人の男子が歩いてきた。その三人は、全員中学時代の元男子バスケ部のメンバー達で、向こうも私と間宮の存在に気付いたのか、こっちと同じように「あっ」とお互いを指差している。

「あれ〜。水野と京平じゃん」

「おー、久しぶりー。え、なになに？　ふたりで来てたの？」

「おれらはいつものメンバーと四人で来たんだよね」

私達を見て、なにかピンときたのかニンマリする三波。

「あれあれあれ〜？　つーか、なーんでふたりが一緒にいるのかな？」

「！」

あ。そうだった。

三波には、先日のプチ同窓会で「間宮と付き合ってない」って言ったばっかりだった。

あの時はまだ自分の気持ちにも整理がついてなかったし、なにより間宮が私のことを好きだったって話を聞かされても信じられなかったから……。

「えっと、これは、その」

しどろもどろで言い訳を考えていると、

「やっぱり付き合ってんの？」

からかいネタを見つけた悪ガキみたいな顔して、三波が私と間宮の顔を交互に覗き込んできた。

「…………」

「……っ」

間宮と私は、それぞれ明後日の方向を向いて視線を泳がす。

うわぁ。ほっぺたが熱くなってきた。

下手に顔なじみのメンバーだけに、気恥かしい。

「つか、お前らもこっちのグループと合流する？　この後、近くのカラオケに移動する予定だけど一緒に行くか？」

私達がなにも答えず黙り込んでいると、痺れを切らせたのか話題を変えるように三波が誘ってきた。

昔のノリで「遊ぶべ」って、三波が気さくに誘ってくれてるのはわかるんだ。

でも、久しぶりのデートで、ふたりきりの時間を邪魔されたくないような気がする私は、どう言えばいいのか迷って困惑する。

「あ、あのね、三波……」

「ん～？　なした水野？」

ど、どうしよう。

バスケ部のみんなは、間宮との仲をずっと応援してくれていたし……。

私達が付き合っていることを改まって伝えるのも変だけど、一応報告しておいた方がいい気がする。

でも、こういう状況は初めてで、口を開こうとするたびに緊張で胸がドキドキしてしまう。

「えっと……私達、実は、その……」

続きの言葉がなかなか出てこず、俯いた状態で赤面していると。

「今、俺ら付き合ってるから。デートの邪魔すんな」

──グイッ！

間宮が私の肩を自分の方へ引き寄せて。

三波達に「遊ぶのは、また今度な」と誘いを断り、そのまま私の手を引いて、出店の方に歩きだした。

「ま、間宮……っ⁉」

突然のことにびっくりして、目をぱちくりさせる。

同じように驚いていた三波達も、すぐに意味を理解したのか、

「ヒュー♪　両想い！」

「京平カッコいい〜！　抱いて〜っ」

「帰り道、エロいことすんじゃねーぞーっ」

「今度、バスケ部の奴らにきちんと報告しろ〜！」

中学の時みたいに、私と間宮の仲を面白半分にひやかし、全員で盛り上がっていた。

間宮はくるっと振り向き、耳たぶまで真っ赤にさせて、

「うっせ、バーカ！」

と、子どもみたいに言い返し、その姿がなんだか無性にかわいく見えた私は、思わず噴き出してしまった。

ひやかされるのは、恥ずかしくて照れるんだけど。

懐かしい感覚に、甘いむずがゆさを感じて。

お祭り会場のざわめき。

たくさんの人達の話し声や足音。

出店から漂う、食べ物のおいしそうな匂い。

賑わいの中で、私達は手を繋いだまま、会場から少し離れた場所にある河川敷《かせんじき》に移動していた。

辺りはシンとしていて、川のせせらぎや、蛙や鈴虫の鳴き声が聞こえてくる。

お互い、なんとなく無言のままで。

ふたり共、頬を染めて無言で歩いている。

「……ねえ、間宮」

「…………」

「さっき、途中まで言いかけてた話ってなに？　ケンちゃんがどうのって……」

「や、もうそれ忘れていいから。つーか忘れろ」

「！　えっ、無理だよ。一度聞いたら気になっちゃうよ」

「気にすんな」

「気になる！」

「だから、気にすんなっつってんだろーが」

「だから、教えてって言ってんじゃん！」

平行線の会話に、ふたり共むきになって、なぜか喧嘩腰の口調になってしまう。

だって、気にするなって言われたら、余計気になるじゃん。

なかなか口を割ろうとしない間宮に、私は頬を膨らませて、長身の彼を下から睨み上げる。

「……そんな目で見んな」

数秒間、にらめっこした後。

先に折れたのは、間宮の方だった。

降参、とでも言いたげに肩をすくめて苦笑し、私の頭を大きな手のひらでポンポン叩く。

「俺がさっき言いたかったのは――」

「言いたかったのは……？」

間宮が真っ直ぐに私を見つめて、唇を引き結ぶ。よほど続きを言うのに抵抗があるのか、恥ずかしそうに顔を両手で覆っている。

な、なんなのよ、いったい……。

まるで乙女な反応を見せる間宮に首を傾げていると。

「お前、森田になんて呼ばれてる？」

「なんて、って？」

「……名前」

「？　普通に青って下の名前で呼ばれてるけど」

「……はぁ」

間宮が深いため息を漏らし、脱力した様子で恨めしげな視線を私によこす。

今度は額を押さえて、苦悶の表情を浮かべてるし。

間宮の考えてることがちっともわからなくて、ますますハテナマークが浮かぶ。

「名前がどうかしたの？」

「別に」

「じゃあ、なんでそんなに面白くなさそうな顔してんの」

「……してねぇし」

「してるよ。子どもみたい」

「それ以上言うな、コラ」

「なっ……に言って……って、あれ？」

さっきから、やたらケンちゃんのことを聞いてくる間宮。

自分から質問しておいて、いちいち面白くなさそうな顔をする理由。

普段、滅多に不機嫌になったりしないのに。

私とケンちゃんがお祭りでどこを見て回ったとか。

なんで、そんなにケンちゃんになんて名前を呼ばれているとか。

単なる自惚れかもしれない。

——でも。

間宮の反応は、あからさまにバレバレで。

あれれ?

もしかして、間宮……ケンちゃんに、

「嫉妬してる……?」

ポツリと呟いた瞬間。

「!」

間宮が今までみたことないくらいに顔を真っ赤にさせて、見るからに動揺しだした。

「え……図星?」

「……ッ」

普段、ほかの同級生からは、大人っぽい外見からクールに見られてて。

男子以外には、無口で無愛想な、あの間宮が。

「……そ、そっか。間宮も嫉妬とかするんだね。うん」

予期せぬ反応に、ぽかんと口を開けて放心していると、間宮が耳のつけ根まで赤くさせて「マジでムカつく」と苦虫を噛み潰したような顔で呟いた。

「…………」

「…………」

手を繋いだまま、沈黙。胸を締め付ける甘酸っぱい空気に、お互いどんな顔をしたらいいのか、よくわからない。

嫉妬が事実なら、浮かれて口元が緩んでしまいそうだ。というか、すでに緩んでしまっている。

反対に、間宮は今にも泣きそうというか。よっぽど私に本音を見抜かれたくなかったらしい。

なんだろう。

なんだか、すごく間宮が――。

「……かわいい」

気が付いたら、無意識のうちに思ったことを口にしていた。

それがとどめのひと言になったのか、

「同じこと、もっかい言ったらぶっとばす」

脅《おど》し文句にもならない抵抗を見せて、間宮にキッと睨まれた。

うん。全然怖くないよ、間宮。

笑いをこらえるのに必死で肩をプルプル震わす。

けど、我慢しきれなくて、ぷっと噴き出してしまった。

瞬間。

――ドォン……ッ！

河川敷の向こうから、夜空に大きな花火が打ち上がって。

夏祭りの締めくくりを彩る、色とりどりの火花が宙に咲き乱れた。

「わぁ……綺麗……」

連続して打ち上がる花火に、ほうっと見とれていると、隣に立つ間宮が、ふいに足の動きを止めて。

高い背を屈め、私の顔を下から覗き込むようにして、顔を近付けてくる。

あ、と彼の意図に気付いた私も、その場で足の動きを止めて、ゆっくりと瞼を閉じた。

――ドンッ、ドォ……ン……ッ！

明滅する光の花をバックに、そっと重なり合う唇。

後夜祭で初めて交わした、あの日以来のキスに、胸の鼓動が急速に高まりだす。

間宮の唇の柔らかさとか、上昇する体温とか。

頭の中が沸騰《ふっとう》しそうなくらい、ドキドキしていて。

同時に、同じくらい、穏やかな気持ちでいっぱいになっていく。

唇を離した瞬間。


「青」


間宮は至近距離で私の目を見て、はにかみながら下の名前を呼んでくれた。

「青、好きだよ」

耳元で囁かれた告白に、涙が込み上げそうになるくらい、胸の中が幸せな感情で溢れ返る。

「……私も……大好き」

間宮が着ている制服のシャツの裾をキュッと掴み、真っ赤になりながら想いを伝える。

「そっちも下の名前で呼べよ」

「えっ、無理！」

「あ？　いいだろ別に」

「だ、だって心の準備が……！　っていうか、急に名前で呼ばれて、それだけでも心臓破裂しそうなのに」

両手で頬を押さえる私に、間宮がいつもの余裕ぶった態度を取り戻してニンマリ笑う。この顔は、からかいネタを見つけた時の意地悪な表情だ。

「ほらほら、青ちゃん。遠慮せずに京平って呼んでみ？」

「無理っ、無ー理ー！」

「なんなら、京平くんとか、京ちゃんでも構わねぇけど」

「なにそれ、キモいっ。どっちもありえない」

「……てめぇ」

「きゃーっ、やめてやめて。ごめんなさい！　どっちもアリ！　どっちもアリだから離してっ」

間宮にヘッドロックをかけられてジタバタ暴れる。

言い合いしているうちに、なんだかふたり共おかしくなって。

「そろそろ帰るか」

「うん」

同時に噴き出して。

それから、そっと手を繋ぎなおした。

今度は、指先同士を絡めて、さっきよりも強く手のひらを握り返す。

私達、こうして自然に笑い合えるまで、長い時間がかかったね。

ねぇ、間宮?

中学生の時から、ずっと片想いしていて。
カップルになれたら、って妄想を、あの頃は毎日のようにしていたよ。
彼氏ができたら、恋人繋ぎしてデートしたい。
好きな人に、自分を好きになってもらいたい。
間宮にからかわれるたび、毎回怒ったフリしてたけど、本当はすごく嬉しかったよ。
正直、にやけそうになるのを抑えるのに必死だった。
どこにいても君を意識していた。
目がね、勝手に探すんだ。
遠目から後ろ姿だけでも間宮のことを見つけられるようになってた。
間宮が近くにいるだけで、全身がレーダーになったみたいに、いちいち反応してた。
好きな人のすべてが気になって……。
一生懸命、恋をしていた。

中三のバレンタイン。

失恋して、本気でショックを受けて、落ち込んだ。

たくさん泣いたし、告白したこと自体を後悔した。

なんで好きなんて言っちゃったんだろう？

間宮と気まずくなるくらいなら、自分の気持ちなんて伝えなければよかった。

思い上がって自惚れていた自分が恥ずかしかったし、話せなくなることが、なによりもつらかった。


高校でクラスが変わって。

それだけでもキツかったのに、とどめを刺すみたいに、マリカと噂になった間宮を見て、心が張り裂けそうになった。

友達の好きな人は、私が失恋した相手だったから。

マリカが「京ちゃんが好き」って素直な気持ちを口に出来ることが、羨ましくてしょうがなかった。

一度フラれていた自分は、もう「好き」だって想っちゃいけないと思い込んでいたから……。

気持ちを消さなくちゃいけないのに。
あきらめようとすればするほど、心に嘘をついて、胸が苦しくなったよ。
誰にも本音を言えなくて、勝手に落ち込んでいた。

でもね。
そうじゃなかった。
まわりを見渡せば、たくさんの人達が私を心配して、見守っていてくれた。
ひとりで抱え込まなくていいよ、と。
いつでも頼っていいからって、優しく声をかけてくれた。
その言葉のひとつひとつに、どれだけ救われたかわからない。
あのまま悩みを抱え続けていたらパンクしていたかもしれない……。
見返りなんて一切なしに、純粋に気にかけてくれて。
一緒に、一喜一憂してくれて。
相手のことを自分のことのように想いやれる。
友達って本当にすごいと思うんだ。

マリカと出会って命の大切さを知った。

当たり前だと思っていたことは当たり前じゃなかった。

病を抱えながら懸命に生きるマリカの姿を見て、今まで普通にしていたことに対する「感謝」の気持ちが心に芽生えだした。

朝起きて学校へ行く。

友達と楽しくおしゃべりする。

昨日見たテレビの話や恋バナで盛り上がりながら、ランチを食べる。

放課後、街に遊びにいったり、部活をしたり。

明日が来ることを疑わずに安心して眠りにつく。

……これって、本当はすごいことなんじゃないかって最近思うの。

いろんなことが奇跡の固まりで。

マンネリに感じるかもしれない日々の中にも、大切なものがきちんと存在している。

なによりも、生きている。

ただそれだけで、私は今、幸せだと感じられる。


——振り返ってみると、最初に失恋した時。

私は、どこかで意固地になっていたんだと思う。

みんなに心配をかけたくないって思いながら、どこかでフラれた事実を認めたくなくて。

口にしたら、失恋を受け入れなくちゃいけない気がして。

本当の気持ちから逃げていたんだ。

自分が自分に嘘をついたら駄目だよね。

苦しくなって当然じゃん。

『自分の気持ちに正直になる』

たったそれだけで良かったんだ。

誰の目も気にする必要はない。

一番大事なのは、心に素直であること。

ありのままの自分でいることは、なかなか難しくて。

つい、傷付くことを恐れて、本音を隠してしまいがちになるけれど。

心って正直だから、胸がズキズキ痛んだり、涙がこぼれたり、不安に押し潰されそうになったりする。

心はいつまでも嘘をつき続けていられないんだ。

もちろん、心のままに行動したら、また失敗したり、傷付くかもしれない。

でも、自分が選んだ道なら、最後は納得して受け入れられる。

私は今回のことで、それを学んだ気がするんだ。

答えは、いつだって自分の心の中にあったんだよね。

うじうじと悩んでいた時間も。
自分の気持ちに正直になると決めた瞬間も。
いつも、私は——、ううん。私達は。
不器用に自分の心と葛藤していた。
……青春の真っただ中。
それは、まるで、真っ青にすき通るブルーのように。

楽しくて、はしゃいだ日。
苦しくて、胸を痛めた日。
切なくて、涙した日。
嬉しくて、笑顔溢れた日。
どんな時も、ただがむしゃらに、一生懸命恋をしていた。
精いっぱい背伸びしていた。
不器用で一生懸命な私達。

なにかに熱中したり、興奮した時には、ついそればかりに気を取られて。
冷静にまわりを見たり、考えたりすることが出来なくなってしまう。
カッと熱くなった時、体温が上昇して、微熱が出るように。
それこそが、人生の中の「ブルー」な時期、「青春」なのかもしれないけれど。
でも、あと少し。
ほんの少しだけクールダウンすることが出来たら。
きっと、そこには、いろんな景色が見えてくると思うんだ。

これから先も、私はいろんな悩みにぶつかることがあって。
その都度、心を痛めたり、傷付いて涙する時もあると思う。
それでも、どんな時も。
間宮の隣で心から笑顔でいられる自分でありたい。
ゆっくりと成長していきながら、一緒に大人になっていけるように。
あとマイナス一度のブルーを知ったこの恋を、ずっと大切にして——。

END

野いちご文庫限定

書き下ろし番外編 1

「あの日から、今もずっと好きです。」

「ごめん」

文字にすれば、たった三文字。

だけど、私の思考を止まらせるには十分な言葉だった。

「水野とは付き合えない」

あれは、今から一年前の二月十四日。中三のバレンタイン。

卒業を間近に控えて、勇気を出して初告白した時のこと。

ずっと好きだったことを伝えて手作りチョコを渡そうとしたら、さっきまで笑っていた彼から表情がなくなって、嫌な予感に胸が騒いだ。

返事を聞くのが怖くて、俯き、ぎゅっと目をつぶる。

重苦しい沈黙の後、頭上から振ってきたのは「ごめん」の言葉。

困らせたかったわけじゃないのに、彼がとてもつらそうな顔をするから、自分のしでかした過ちに後悔して恥ずかしくなった。

勝手に期待して、自惚れて。

まわりの言葉を鵜《う》呑《の》みにして、彼と両想いかもしれないと勘違いしていた。

なんて呆れた話だろう。

羞恥《しゅうち》で熱くなる頬とは反対に、頭の中はどんどん真っ白に染まっていって。

「……あ」

喉の奥が詰まって、声がかすれる。

ここで泣いたら絶対に駄目だ。

彼が罪悪感を抱《いだ》いて、自分から離れていってしまう。

嫌われたくない。気まずくなりたくない。

失恋が原因で、今までどおり話せなくなるぐらいならいっそ、今の告白をなかったことにしてしまえばいい。

そう思って、無理矢理笑おうとしたのに。

「あれ……？」

おかしいな。

両目から涙が溢れて止まらなくなってしまう。

駄目だよ。駄目。ちゃんと「困らせてごめんね」って謝らなくちゃ。

そして、今までどおり友達でいようって伝えなくちゃ、彼を困らせてしまう。

想いとは裏腹に、ぐしゃぐしゃな泣き顔になって、視界がどんどん滲んでいく。

だって、好きなのは本当なのに。その気持ちを全否定する行為に強く違和感を覚えて、躊躇してしまったから。

「私……私は……」

ユラユラ揺れる視界の中、両手で自分の顔を覆って自問自答する。

この想いを、なかったことにしていいの？

本当に後悔しない？

本音をすくい取るように、心の声に耳をすませて。

私は、自分の想いを――。


ゆっくり目を開けたら、そこは、さっきまで彼と向かい合っていた教室ではなく、見慣れた自分の部屋だった。

今のがすべて【夢の出来事】だと理解するまでに時間を要して、その間、ひたすら天井を見上げてぼんやりする。

今のは――一年前のバレンタイン、だよね……？

生まれて初めて好きな人に告白して失恋した日。

目元に違和感を覚えて、指先で目の下に触れたら、涙の筋が耳元に伝っていた。

どうやら悲しい夢を見て現実でも泣いていたらしい。

「変な夢……」

カーテンの隙間から差し込む、まぶしい朝日。

パジャマの裾で涙を拭い取りながら、ゆっくりと上体を起こしてポツリと呟く。

よりにもよってどうしてこんな日に……。

――いや、こんな日だからなのかな？

チラリと机の上の卓上カレンダーに目をやり、ふぅとため息を漏らす。

今日は、あの日からちょうど一年が経った二月十四日。

彼と――ううん、『京平』と恋人になってから迎える初めてのバレンタインデーだった。

＊　＊　＊

「おはよう」

「おはよー。ちゃんと用意してきた、アレ？」

「もちろん。あとはいつ渡せるかだよね～」

心なしか、普段よりも浮足立っている生徒達。

男子も女子も朝から変にソワソワしていて、校舎全体が活気づいている。

女子は本命に渡すタイミングを窺いつつ、教師や仲いい男子に義理チョコを配り歩き、その気がなさそうなフリを装う男子達も「いつ自分の手元にチョコが渡るか」期待しているのがバレバレな態度。

でも、イベント絡みなので、いい意味での落ち着きのなさというか。

廊下のあちこちから聞こえてくるまわりの話し声に、登校してきたばかりの私も、つられるようにソワソワしてしまう。

「おはよう、青。昨日は夜遅くまでありがとね」

教室に入るなり、一番先に挨拶してくれたのは、同じクラスの瑞希ちゃん。

私の元までスクールバッグを持ってやってくると、鞄のチャックを少し開けて中に入っている紙袋を見せてくれた。

「青が丁寧に作り方を教えてくれたおかげで、あれから家に帰ってひとりで完成することが出来たよ。本当に感謝してる」

「ふふ。瑞希ちゃんにそう言ってもらえてよかった。あとはタイミングを見計らって渡すだけだね」

鞄の中を覗き込んでニンマリ笑うと、瑞希ちゃんは緊張気味に「……うまくいくといいんだけど」と苦笑いを浮かべて、ため息をこぼした。

「絶対大丈夫だよ。瑞希ちゃんが心を込めて作ったんだもん。きっと喜んで受け取ってくれるよ」

瑞希ちゃんに向けて小さくガッツポーズをして応援すると、ほっとしたように柔らかな表情になって「ありがと、青」とはにかんでくれた。

「オーッス、朝っぱらから教室の入り口でなにコソコソ会話してんだよ？」

「わっ、ケン⁉」

「ケンちゃん、いきなり顔出さないでよっ。びっくりするじゃん」

ふたりでいつ渡すか作戦会議を立てていたら、突然私達の間にケンちゃんが割って入ってきて、あまりの驚きに後ずさってしまった。

大事なものをスクールバッグの中に隠している瑞希ちゃんは、大慌てで鞄のチャックを閉めて「見てないよね⁉」とケンちゃんに確認をとっている。

「あ？　見たってなにをだよ？」

「な、なんでもないっ」

ぷいっとそっぽを向いて、スクールバッグを胸に抱きながらスタスタと自分の席まで歩いていく瑞希ちゃん。

ケンちゃんからすれば意味不明な行動なので、ますますなんの隠し事をされているのか気になったのか「おい、待てって瑞希！」と彼女のあとを追いかけだす。

教室の入り口に取り残された私は、ふたりのやりとりを遠巻きに眺めて苦笑していた。

自然にはぐらかせばいいのに、無意識に相手が余計気になるやり口で逃げ出す瑞希ちゃんにも、今日がなんの日か考えればすぐピンときそうなのに気付かない鈍感なケンちゃんにも、微笑ましい気持ちでいっぱいになる。

——そう。今さっき、瑞希ちゃんが私にお礼してきたのは、昨日の放課後、私の家でバレンタイン用のチョコを作ったから。

なんだかんだ、休日も部活休みの合間を縫ってふたりでよく遊んでいる瑞希ちゃんとケンちゃん。

友情を保ちつつ、男女間の距離を少しずつ縮めていって、ようやく告白の決心がついたらしい瑞希ちゃんが「バレンタインにチョコを渡すついでに告ろうかなと思って……」と先日打ち明けてくれた。

せっかく告白するなら、市販のものじゃなくて気持ちを込めた手作りのチョコを渡したい。だけど、普段から料理しないので、作り方がわからない。

そんな相談を受けて、瑞希ちゃんにチョコの作り方を教えてあげることに。

実は、昔からお菓子《かし》づくりが趣味で、たまに作ってたりするんだよね。

ほとんどは家族に食べてもらっておしまいだけど、友達にも配ったりしてて。

そのことを覚えていた瑞希ちゃんが私にヘルプ要請《ようせい》してきたというわけ。

なんでもケンちゃんはチョコの中でも特に生チョコが好きみたいで、初心者には難しいかもしれないけど挑戦してみたい、って頭を下げられた。

必死の剣幕で頼み込まれ、快く快諾《かいだく》。

大切な友達が勇気を出して告白しようとしてるんだもん。

私に出来ることならなんでも協力してあげたいし、応援してる。

ついでに私も『彼氏』用のチョコを用意したり。

「……喜んでくれるかな？」

自分の席に着いて、こっそりと鞄の中を覗く。

今日のために一生懸命用意してきた、京平にあげるためのバレンタインチョコ。

京平は甘いものが苦手だから、ほろ苦い味わいのビターな生チョコにしてみたんだけれど。

綺麗に箱詰めして、その上から英文字プリントされたオシャレな包装紙でラッピングしてから、小さい紙袋に入れてきた。

あとはタイミングを見計らって渡すだけ、なんだけど。

今日はお互い移動教室が多いので、授業と授業の合間の休み時間に会いにいくのも難しく、おまけに昼休みもバスケ部の自主練で別々のランチ。

その代わり、放課後は男子バスケ部が休みなので、久々に一緒に帰れるんだけれど……。

『……来週の十四日、家族全員泊まりに出かけるんだけど、うち来る？』

先週、学校から帰ってきて、お風呂上がりに部屋で京平と電話していたら、なんの前触れもなしに突然そう誘われて。

付き合い始めてから間宮家には何度かお邪魔させてもらったけど、誰もいない状態で誘われたのは初めてだった。

『ちなみに、泊まりとか——どうすか、ね？』

学校帰りに気軽に立ち寄るだけならまだしも、京平の口から更なる爆弾《ばくだん》発言が落ちてきて硬直した。

『いや、無理なら断ってくれて全然いいんだけど』

電話越しからも京平の緊張が伝わってきて、スマホを持つ手が震えてしまう。

顔中に熱が集中して、心臓がバクバクうるさい。

突然の出来事にパニックを起こしていると、京平がしょんぼりした声で『やっぱり、今の話は……』となかったことにしようとしたので、慌てて「行く！」と返事してしまった。

その場ではうまく話がついたものの、いざ通話を終えて放心していたら、じわじわとお誘いの意味がわかってきて、思わず布団の上にダイブしてしまった。

だ、だって、家族がいない家に泊まりに誘うってことは……そういうことだよね、多分。

付き合い始めて何か月も経つし、いつかはもしかしたらとは考えていたけど。

「い、いきなりすぎだよ……」

湯気が出そうなくらい火照った頬を両手で押さえて、布団の上でじたじたと足を動かす。

——でも。

ここ最近、ふたりでいる時、手を繋いだり、キスしていると、もっとくっついていたいなって気持ちが湧き上がっていたのも事実。

物足りないってわけじゃないんだけど、単純に京平のそばにいたくて。

学校帰りや、デートの帰り、毎回家まで送り届けてくれて、門の前でキスすることが多いんだけど、唇が離れた瞬間に『まだ一緒にいたい』って寂しく感じるようになっていた。

京平も同じ気持ちなのか、別れ際のキスが深いものに変わっていたり……。

だから、家に誘ってもらえて嬉しい気持ちと、不安な気持ちが半々。

……ううん、正直な本音を言えば、若干期待の方が上回っていた。

そんな期待と心配を抱《いだ》きながら迎えた、バレンタイン当日。

あれこれ余計なことを考えているうちに、あっという間に放課後になって。

「青」

教室の後ろ口から名前を呼ばれて、自分の机に座った状態でそっちを向いたら、いつものように京平が私を迎えにきてくれた。

入り口の引き戸を開けながら、教室の中に顔を覗かせている京平は、長身なので頭がぶつからないよう背を屈めている。

ぱちりと目が合うと、京平がふっと優しく表情を和らげて私の元までやってきてくれた。

「まだ帰り支度済んでなかったのかよ?」

「今、鞄に荷物入れ終わったところだよ」

「ん。じゃあ、行くぞ」

慌てて席を立ち、スクールバッグを肩に掛けていると、目の前に大きな手のひらを差し出される。

頬を染めながら顔を上げたら、京平が目を細めながら優しく笑っていて、ドキッとしながら、その手を握り返した。

そのまま廊下に出て、下駄箱まで移動する。

付き合い始めたばかりの頃は、いろんな人達に注目されて人前で手を繋ぐなんて考えられなかったのに、いつからだろう？

こうしてまわりを意識することなく、自然に肩を並べて歩けるようになったのは。

最初はひやかされて恥ずかしかったけど、ずっと付き合ってるうちに、まわりからも当たり前の光景になっていたからなのかな。

「あー、やっぱ寒ぃな今日」

昇降口を出るなり、マフラーに顔をうずめて白い息を吐き出す京平。

二月といえどまだ冬なので気温も低く、あったかい格好をしていても身震いしてしまう。

「本当に寒いね――って、くしゅん」

同意してうなずこうとしたら、京平の横でくしゃみをしてしまって赤面する。

うう。今日のことを意識しすぎて、家を出てくる時にマフラーと手袋をし忘れてきたなんて間抜けすぎる。

朝の天気予報でも特に冷え込む一日だって注意されていたのに。

プルプルと小刻みに体を震わせていると。

「これしてろよ」

ふわりと温かいものが首元を包み込まれて。

目線を下げたら、京平が自分のしていたマフラーを私の首に巻いてくれていることに気付いた。

「だ、駄目だよ。京平が寒い思いしちゃうじゃん」

「俺は毎日体力づくりしてるからいいんだよ。それよりも、お前の方が風邪引きやすいだろ」

「でも……」

「どっかの誰かさんは運動不足気味でバテやすいからな～。この前も、久々に1《ワン》on《オン》1《ワン》しただけで息切れしてたし」

「なっ、あれはたまたま疲れてただけで、普段はもっと体動かせるもん！」

「ハッ、どうだか」

先月、ふたりで出かけたレジャー施設で、久しぶりにバスケ対決をした時の話を持ち出されてムッとなる。

あの時は、運動する前にショッピングモールで歩き回って足が疲れてただけだもん。現役から退いたとはいえ、そこは元女子バスケ部。体力面を指摘されたのが面白くなくてムキになっていると、京平は人を小馬鹿にするように鼻で笑ってきて、ますますカチンときた。

ムッとして頬を膨らませていると、

「嘘嘘。冗談だって。そんなむくれんなよ」

京平が喉の奥で噛みころしたような苦笑をこぼして、繋いでいる手にぎゅっと力を加えてきた。

……ずるいな、本当に。

そんな風に笑いかけられたら、全部許しちゃうじゃん。

つくづく実感するけど、京平の笑顔にめっぽう弱いんだよね。

昔から、すぐときめいて頬が熱くなってしまう。

恋人になってだいぶ経つのに、いまだにドキドキさせられてばかりなんだ。

「ところで、今日大丈夫だった？」

「へ？　なにが――」

駅方面に向かって帰りの通学路を歩いていたら、急に改まったような口調で質問されて首を傾げる。

すると、京平は小さく咳払いしてから、チラッと私を見下ろして「……家に泊まるのとか」と照れくさそうに呟いて、そっぽを向いてしまった。

「ッ」

今の今まであまり意識しすぎないよう会話に集中していた私も、かぁぁっと全身が熱くなってしまう。

そ、そうだった。今から私、京平の家に初めてお泊りする予定だったんだ。

いつもみたく夕方帰るんじゃなくて、今夜はずっとふたりきり。

それが意味することがわからないほど無知でもなくて。

「だ、大丈夫だった、よ？」

あ、やばい。緊張で声が上擦っちゃった。

きっと、指先の震えも繋いだ手から伝わってしまったはず。

「一応その、マミに協力してもらって、親には友達の家に泊まりに行くって説明してあるから」

「そっか」

「う、うん」

ふたり共急に目を合わせられなくなって、違う方向を見ながら沈黙してしまう。

いつも一緒にいるのに、変なの。

意識しすぎて、京平の顔がうまく見れないや。

それから、電車で移動して地元の駅に着いた私達は、その足で真っ直ぐ京平の家に向かい、二階にある彼の部屋に通された。

相変わらず几帳面に整頓された室内。必要最低限の家具以外、ほとんど物が置かれていないためか、いつ訪れても部屋の印象はスッキリしている。

ああ見えて、意外と綺麗好きなんだよね、京平って。

前に、瑞希ちゃん達とみんなでケンちゃんの家に遊びに行った時は、部屋に少年漫画やグラビア雑誌が散らばってたり、ゲーム機が置かれていたりと年相応の男の子らしい部屋って感じだったけど。

京平の部屋はモノトーンの家具で統一しているからか、落ち着いた雰囲気がある。窓もブラインドになっててオシャレだし、無駄なものがないからかな？

ああ、京平らしいなって。

部屋に来るたび、なんとなくそう感じてほっとするんだ。

……ただ、今日に限っては、普段落ち着くこの空間も居心地が悪いというか。

「飲み物取ってくるから、適当な場所座ってて」

って言われて、ラグマットの上にちょこんと正座してるんだけど、目線はつい後ろのベッドを意識してソワソワしてしまう。

ほ、本当に私、これから京平と……。

頭の中にムクムクと妄想が膨らんで、瞬間湯沸かし器みたく顔から湯気を噴き出してしまいそうになる。

今更ながらおじけづいてきて、気分が落ち着かなくなってきた。

マミには「付き合ってるんだから普通でしょ」って言われたけど、本当にみんなあんなことを普通にしてるのかな？

だ、だって、ずっと好きだった人だし。

その人の前で恥ずかしい姿になるとか……想像しただけで、ああもう駄目。緊張しすぎて、指先が震えてくる。

ひとり赤面したり、泣きそうな顔でオロオロしていると。

「なにひとりで百面相してんだよ？」

「わっ⁉」

いつの間にか、京平が部屋に戻ってきていて、ペットボトルのジュースとグラスを木製のミニテーブルの上に置きながら、私の隣に腰を下ろしてきた。

「な、なんでもないよ。本当、なんでもないから」

ゆでダコ並みに真っ赤になってるだろう顔の前に両手を翳し大きく横に振る。

うう。変なところを目撃されちゃったよ。

羞恥で耳のつけ根まで熱くなって、思わず涙目に。

「馬鹿。変に意識しすぎんな」

「いたっ」

体をこっちに向けて、京平が私の頭の上に軽くチョップを落としてくる。

もうっ、と頬を膨らませて抗議しようとしたら、京平が気まずそうに私から目を逸らして「……こっちまで緊張うつる」とボソッと呟き、だから普通にしてろと注意されてしまった。

そんなこと言われてもと思いつつ、なんだかんだ京平も自分と同じぐらい緊張しているのが伝わってきて、私だけじゃないんだって安心する。

なにか話題を──と部屋の中を見回し、本棚に入っていた中学の卒業アルバムを指差して「見ていい？」と訪ねると、「お前も持ってるじゃん」と指摘されてしまった。

「いいの。たまには思い出を振り返りながら話そうよ」

強引に押しきる形で卒アルを抜き取ってもらい、ベッド前のサイドテーブルの上に広げる。なんだかんだ言いつつ、ページをめくり始めたら、京平も距離を詰めて中身を覗き込んできた。

肩と肩が触れ合ってドキッとしたものの、小さく首を振って雑念を吹き飛ばす。

馬鹿。だから、意識しすぎだってば。

「お、懐かしいなこれ。修学旅行の時、行きの電車で撮ってもらったやつじゃん」

「確か、みんなでババ抜きしてたよね。最後は私と京平の一騎《いっき》打ちで、見事に負けたんだっけ？」

「そうそう。お前がジョーカー引かないよう、カードに触れたら『やめとけ』って目配せしてやったのに、それを逆の意味に捉えて『その手には乗らないから！』とか言って堂々とハズレ引いてやんの。くくっ、今思い出してもウケんわ。あん時の悲壮《ひそう》感《かん》たっぷりの顔」

　思い出し笑いする京平の肩に「もうっ」と頬を膨らませて、二の腕を軽く叩く。

だけど、京平が私との思い出を細かいところまで覚えていてくれたことが嬉しくて、内心では喜んでいる自分もいたり。

「卒アルには載ってないけど、修学旅行の半決めする時に、京平が『俺らのグループ入んねぇ?』って誘ってくれたのすごく嬉しかったなぁ」

　たまたま女子メンバーが決まってなくて適当に声がけしてくれただけなんだろうけど、それでも好きな人に誘われて嬉しくないわけがなかった。

　そのことを話すと、京平は首の裏に手を添えながら、躊躇したように「……初めから誘うつもりだったけどな」と暴露されて驚いた。

「嘘っ、だって『とっとと班決めして予定立てたいから』って言ってたじゃん! 女子なら誰でもよさそうな口ぶりだったのに」

「んなわけねぇだろ。つーか、あん時、俺以外にもお前のこと誘おうとしてる奴らがいて、地味に焦ってたんだよな。修旅とか好きな奴に近付けるチャンス、簡単に見逃すわけねーし」

「……そ、そうだったんだ」

――かあぁぁ……っ。

まさかの新事実に頭のてっぺんから爪先《つまさき》まで一気に熱が広がっていくよう。

当時、そんなそぶりなんてひとつもなかったのに。……そっか。そうだったんだ。

嬉しいような、照れくさいような。むずがゆい気持ちでいっぱいになる。

「……京平は、私のどんなところを好きになってくれたの？」

ずっと前から気になっていたことを質問すると、初めは目を丸くして考え込んでいた京平が「聞きたい？」とニンマリ口角を持ち上げて逆質問で返してきた。

京平はミニテーブルに片肘をついて、組んだ両手の上に顎をのせながらニヤニヤしている。

あ、なんか嫌な予感がするんですけど……。

「そっちが先に言うなら教えてやってもいいけど？」

やっぱり。京平がすんなり答えてくれるわけなかったよね。

「え、えぇ〜っ……!?」

「何気に聞いたことないんだよな。なんで俺のこと好きになってくれたのかって」

「……っ、答えなくちゃ駄目？」

「そっちが先に質問してきたんだろ」

ん？と余裕たっぷりの顔で笑い返されて言葉を失う。

確かにそのとおりだけど。

でも、本人を前に面と向かって告白するとか恥ずかしすぎるし。

絶対無理、と拒否しようとして、でもそうしたら京平も教えてくれないし……と、躊躇して黙り込む。

「ん？　どうしたのかな、青ちゃん？」

おそらく赤面しているだろう私の顔を下から覗き込むようにして焦らしてくる京平は、なんだかとって楽しそう。そうだよね。私のことからかうの、昔から大好きだもんね。

でも、そんなところも案外――。

「最初は、身長高くて大人っぽいなって。中学の入学式に、目立つ人がいるなって思ってて……それから、同じクラスで、バスケ部も一緒になってよく話すうちに、なんかその……」

照れくさをごまかすように前髪を手で押さえつけながら、上目遣いでチラリと京平の方を見ると「続きは？」と催促《さいそく》されて、ますます頬が火照った。

うう。意地でも最後まで言わせる気だ。

ひとりだけなんだか楽しそうだし、私の反応を見て面白がっているに違いない。

「きょ、京平が私にちょっかいかけてくるようになってから、そういうやりとりにキュンしてる自分がいたっていうか……からかわれてるだけだってわかっててても、ほかの子にはしてなかったから、ちょっとは特別扱いされてるのかなって自惚れたりもしてて——って、それ以外にもちゃんとバスケしてる時の真剣な姿がカッコいいなとか、意地悪だけど本当はすごく優しいとことかほかにもたくさん理由はあるんだけど」

もう無理。これ以上話したら、余計なことまで言っちゃいそう。

なによりも心臓の音が激しく鳴りすぎて、このままだと憤死してしまう。

勘弁して下さいと言わんばかりに「ひ、ひとまず以上……です」と頭を下げたら。

「——そういう反応」

頭上から「ふ」と笑う声がして。

ゆっくり顔を上げたら、京平が片手で口元を押さえながら、いとおしいものを見るような温かい眼差しを私に向けていた。

「すぐムキになって真っ赤になるところ。そういう反応がかわいくて、ついからかたくなるんだよな」

「……っな、にそれ。意味わかんないよ」

「人に頼ればいいのに、パンクするまで抱え込む責任感の強さや真面目なところも、芯が通ってて真っ直ぐぶつかってくるところも、全部いいなって思ってた」

ふざけてると思ったら、急に真面目な口調で話してくるから、どう反応すればいいのか迷ってしまう。

そんな風に思っていてくれたんだって思ったら、胸の奥がじんわりと温かくなって。嬉しくて、恥ずかしくて、その何倍も幸せで……。

だけど、京平と視線が絡んだ瞬間、背後のベッドを強く意識しすぎてしまって、慌てて違う話題に切り替えてしまった。

「そ、そういえばコレ。家に着いたら渡そうと思ってたの」

足元に置いてあるスクールバッグの中から小さい紙袋を取り出し、京平の前に差し出す。

京平は一瞬キョトンとした後、すぐ中身を理解したのか嬉しそうな顔になって、私からのバレンタインチョコを受け取ってくれた。

「甘いの苦手だって言ってたから、ビターチョコにしてみたんだ。生チョコなら食べられるよね？」

「これ、青の手作り？」

紙袋の中から生チョコの入った小箱を取り出し、蓋を開けながら確認してくる。

「うん。手作りだよ」

って、照れ気味に伝えたら、京平が「マジか」と瞳を輝かせて、片手で口元を覆い隠した。どうやら、にやけてる顔を見られたくなかったみたい。

「そんなに嬉しかった？」

明らかに大喜びしてる姿を見て、ちょっぴり意地悪な質問をしてみたら。

「好きな女からもらって嬉しくない奴とかいなくね？」

いつもみたく『んなわけないだろ』って否定されるか茶化されるかなと思っていた予想が見事に外れて、大きく目を見開く。

同時に、目頭がじわじわと熱くなってきて、気が付いたら紅潮した頬に熱い水滴が滑り落ちていた。

ぽろぽろとこぼれ落ちる一方の涙は、私の意志とは関係なく勝手に出てきて。

あれ、と手の甲で何度も拭い取っているのに引っ込んでくれず、それどころかますます泣けてきてしまう。

「青……？」

いきなり泣きだした私を見て、京平が心配そうに下から顔を覗き込んでくる。

自分でもわけがわからなくてびっくりしたけど、京平の真っ直ぐな目に見つめられたら、どうして涙が出たのか理由がわかって、ポツリと本音をこぼしていた。

「……今年はチョコ、受け取ってもらえたから」

ひくりと喉の奥を震わせて、正直な想いを告げる。

「京平が私のこと『好きな女』って言ってくれて……すごく嬉しくて」

ああ、そうか。

そうだったんだ、私。

今朝見た夢の内容を思い出して、ようやく納得する。

私——無意識のうちに、この日が怖くなってたんだ。

「去年、告白してフラれた時……、もう京平のそばにいられないのかなって、告白なんかしなきゃよかったってずっと後悔してたから」

私の言葉に京平がピクリと肩を強張らせて、わずかに目を見張る。

ここまで深く傷付いていたことに自分自身驚いたし、それは京平の反応を見るに彼も同じだと思う。

「だからね？　今がすごく夢みたいだなぁって。京平の隣に彼女としていられるなんて信じられないっていうか……なんて、今更なに言ってんだって感じだよ——」

ね、と続けようとした言葉は、京平にグイッと強く腕を引かれて、彼の広い肩口に額がうずまったことでかき消されてしまった。

片腕で私の頭を掻き抱くようにして、力強く抱き締めてくれる。

心の内側に潜んでいた不安を全部服飛ばしてくれるように、ぎゅっと力を込めて。

「——ごめん」

吐息交じりに耳元で囁かれた三文字の言葉に、ビクリと肩が反応する。

だけど、その直後。

京平が私の腕を両手で掴んだ状態でゆっくり体を引き離し、正面から真っ直ぐ見つめて、こう言ってくれたんだ。

「ずっと好きだったのに。――あの時、青を傷付けて」

長い睫毛を伏せて、切なげに顔を歪める京平。

まるであの日の自分を責めるような、やるせない表情。

「……それでも、どうしてもお前と一緒にいたかった」

そっと私の背中に腕を回して、肩に顎先をのせながら京平が想いの丈をぶつけてくれる。

その言葉は、真っ直ぐと私の心に響き、目の前の光景すべてがキラキラと輝いて映り始めた。

まるで世界にふたりしかいなくなったような沈黙の中で、私達は至近距離から視線を絡め合って、ゆっくりと顔を近付けていく。

この人のことが誰よりも大切で大好きだと思った瞬間、唇同士が重なって、すぐに離れた。

「京平、あのね」

「うん？」

「私もね……京平とずっと一緒にいたかった」

甘く鳴り響く、胸の鼓動。

彼へのいとしさを全部拾い集めて言葉にしたら、想いの分だけ涙が溢れて止まらなくなった。

「大好きだよ、京平」

「うん。……俺も」

京平の手が優しく私の頬に触れる。

見つめ合って、そっと触れるだけのキスを何度も繰り返す。

そのうちに、どんどん口づけが長く深いものにかわっていって、お互いに物足りなさを感じ始めた頃。

「──本当にいいの？」

京平に抱きかかえられて、ベッドの上に優しく横たえられる。

私のお腹の上を跨ぐように、京平がベッドの上に片膝をのせると、ギシリとスプリングの軋む音が響いた。

正直に言えば、まったく不安がないわけじゃないし、怖い部分もある。

ただ、今はそれ以上に大好きな人の温もりに触れていたいなって思うから。

「……うん」

これ以上ないぐらい真っ赤になっているだろう顔でうなずいて、にっこりと微笑んだ。

「京平だからいいよ」

「……っ、お前そこでそれ言うのは反則だろ」

「？」

「だから、かわいすぎってことだよ」

ぐにっと頬肉をつままれて目を丸くする。

でもね、私の上に跨っている京平の顔が見たことないぐらい緊張で強張っていたから、なんだかかわいいなぁって、笑みがこぼれてしまった。

「なんだか京平の方がおじけづいてるみたい」

少し余裕を取り戻して意地悪な指摘をしたら、京平は前髪を無造作にかき分けながら「うっせ」と悪態をついて、私の額を指先で弾いてきた。

「いたっ」

「お前が余計なこと言うからだろ。……マジで緊張してんのに」

はぁ、と深いため息をこぼす京平に、思わずぷっと噴き出してしまう。

「じゃあ、私と同じだね」

だって、さっきから心臓の音が破裂しそうなぐらい大きく鳴ってるんだ。

「いや、どう考えても俺の方が上だろ」

「なにが？」

「……めちゃめちゃ大事にしたいって思うのに、それ以上に青のことが好きすぎてセーブが効かなくなりそうで緊張してるところとか？」

「なっ……」

「ぶっちゃけ、自信なんかなんにもねぇよ」

「京平？」

私の首筋に鼻先をうずめて、京平が緊張気味の息を吐き出す。

熱くて、震えるような。想いの詰まった吐息にドキリと胸が反応する。

「お前に関すること全部、みんな余裕なんてない」

京平が顔を持ち上げて、片眉を下げながら苦笑する。

どれだけ大切に想ってくれているのか伝わってくるような優しい眼差しに、胸の奥がうずいてきゅっと締め付けられた。

「……大事にするから、ずっと」

真剣な声と、言葉。どっちも、一生忘れたくないって思うほど嬉しくて。

ためらいがちに触れる、大きな手のひら。骨ばっていてゴツゴツした長い指先が頬をひと撫でしてから首筋に下がっていく。

プチ、と制服のリボンを外されて、そのまま、ブラウスのボタンを上から順に外されていくのを眺めていたら、呆れたように苦笑された。

「お前、ガチガチに固まりすぎ」

「ち、ちが……っ。私だけ脱がされてるのが恥ずかしくて、――って、ッ!?」

とっさの言い訳を口にしたら、京平が長い腕をクロスするようにしてセーターを脱ぎ捨てて、ワイシャツのボタンを外し始める。

シャツの胸元から素肌があらわになって、目のやり場に困ってしまう。

ガッチリ引き締まった体や、セクシーな色気を感じさせる腰回りに目が釘付けになって――って、指の隙間からまじまじ観察して、私ってばなに考えてるの！

「あれ？　そんな真っ赤になってどうしたのかな、青ちゃん？」

さっきと立場が逆転して余裕を取り戻してきたのか、京平が意地悪く目を細めてニンマリ笑う。

余裕たっぷりの笑顔に、さっきのセリフはなんだったのって突っ込みたくなったけど……人をからかいつつも、私に触れる手が若干震えていることに気付いたからなにも言わずにいてあげよう。

それに、この方が私達らしくていい気がする。

せめてもとささやかな抗議をしたら、京平が「ふはっ」と小さく噴き出して、それから繋いだ手と手にぎゅっと力を入れて「でも、好きだろ？」って嬉しそうに微笑んだ。

鼻先同士が触れ合いそうな至近距離で目と目を合わせて、同時に笑う。

そしたら、さっきまでガチガチに強張っていた体から力が抜けて、自然と大丈夫だなって思えた。

好きだ、って低くかすれた声で囁いて、京平が長い睫毛を伏せる。

瞬間、甘い雰囲気に包まれて、唇にそっと柔らかなキスが降ってきた。

たくさんすれ違ったね。

傷付いて、涙した日もあった。

それでも、ずっと君が好きで。

なによりも貫きたかった想いがある。

あの時、諦めなくてよかったって、今は心から思えるから。

私達はまだまだ未完成で足りない部分もたくさんあるけれど。

お互いに不足してるところを補い合って、自分達のペースでゆっくり成長していきたい。
初めて失恋したあの日から今日まで、たくさんのことを乗り越えてきたように。
これから先、どんな困難が訪れたとしても、君といれば大丈夫。
大好きな人の腕の中に包まれながら、京平とふたりでたくさんの幸せを積み重ねていきたいって、心から強くそう思った。

だからね、一秒でもそばにいたい。

涙の数だけ想いが深くなることを教えてくれた、世界で一番大切な君の隣に――。

END

野いちご文庫限定

書き下ろし番外編 2

「その先のペールブルー」

「瑞希は女ってよりも、男友達に近いノリなんだよな。唯一、性別を気にせず話せるっていうか、そういう意味では特別かもな」

人の気なんて知りもせず、頭の裏を掻いて笑う鈍感男に絶句して言葉を失う。

その瞬間、頭の中を駆け巡《めぐ》ったのは「失恋」の二文字。

あたしは告白する前に、好きな人から圏外《けんがい》発言をされてしまったんだ。


事の始まりは、二月十四日のバレンタイン。

今年こそ勇気を振り絞って想いを伝えようと、部活帰りのケンを待ち伏せてふたりで帰った時のこと。

今日は顧問の都合で女子ソフトボール部の活動が早めに終わったので、教室でドキドキしながら野球部が終わるのを待っていた。

昨日の放課後、青の家で教わりながら完成した手作りの生チョコは、まずまずの出来で、見た目も味もそう悪くはないはず。

今日一日鞄の中にしまったまま、何度も覗き見ては渡すタイミングを窺ってドキドキしていた。

普段は気軽なノリで話せるのに、こういう肝心な時はてんで駄目。勇気が出なくて必要以上に躊躇してしまう。

それでも、子どもの頃からずっと片想いしていたケンに告白しようって決めたんだ。

今日こそは頑張らなくちゃ。

——そう固く決意をしたはずだったのに。

「おー、どうした瑞希。めずらしく話したいことあるって呼び出すとか。つか、教室ん中で待ってるの寒かっただろ？」

「お、お疲れ。わざわ呼び出してごめん」

いざ、部活終わりのケンが教室にやってきてふたりきりになったとたん、ガチガチに緊張して固まってしまった。

つい先日、席替えで窓際後方席になったあたしは、自分の席から立ち上がってケンに右手を上げる。すると、ケンの方からこっちの座席までやってきてくれて、隣の席の椅子をカタンと引いて腰掛けた。なので、あたしも座りなおすことに。

「で。話したいことってなんだよ？　俺だけ呼び出したってことは、佐藤やノッチには言えない内容なんだろ？」

ぐっ。いきなり直球できたか。

少し和やかなムードになってから勢いで渡そうと思っていたのに、どうやらケンは深刻な悩み事を相談されると思い込んで来たらしい。

今日がなんの日なのか考えれば、普通にわかりそうなものなのに。

ほかの子だったら「やべぇっ、告白か⁉」って大騒ぎするだろうに、相手があたしだとチョコを渡される可能性すら浮かばないのだとしたら悲しすぎる。

すっかり日が落ちて、暗くなった校舎。教室の電気は点いているけど、そろそろ門を閉める時間なので警備員が見回りにきて返されるはず。なので、ちんたらしている時間はない。

「部活のことか？　瑞希が上級生を差し置いて試合に出ることになったことを僻《ひが》んでる奴がいるとか、親と喧嘩したとか、テストの成績悪かったとか——うんまあ、最後のだけは俺も人のこと言えねぇ点数だから協力してやれねーけど、ほかはどうにかしてやるから遠慮せず言えよ」

どのタイミングで話を切り出そうか考え込んでいたら、どうやら思い詰めた表情をしているように見られてしまったらしく、ケンが前のめりの姿勢で心配そうに話しかけてきた。

気にかけてくれてありがたいけど、全然嬉しくない。

『部活帰りに呼び出し』、『人目のない場所で話したいこと』、『なによりも、本日はバレンタイン』——この三つを踏まえた上で気付かないとか、どんだけ鈍感なの？

全部違うし、と否定しようとしたら。

「困ってることあればすぐ頼れよ。瑞希は特別な存在なんだから」

――ピタリと動きが止まり、大きく目を見張る。

今、なんて……？

聞き間違いかと目をこすったものの、目の前のケンはいたって真面目な顔でこっちを見ている。

「特別、って……？」

期待したら駄目だってわかっているのに、鼓動が速くなって、質問する声が上擦る。

渡すなら今がチャンスかもしれない。

そう思って、机の横に引っかけた本命チョコの入った紙袋を取ろうとした時。

「んー、なんつーか、性別を超えた友情っつーの？　瑞希は女ってよりも、男友達に近いノリなんだよな。唯一、性別を気にせず話せるっていうか、そういう意味では特別かもな」

ケンは頭の裏を掻きながら照れくさそうにはにかんで、同意を促すような目で私を見てきた。

お前もそうだろとでも言いたげな、真っ直ぐな視線、キラキラした瞳。

その瞬間、ポキリとなにかが折れた音がして。

「……あたしはケンのことただの友達なんて思ってないよ」

口から渇いた笑みが漏れて、くしゃりと前髪を掴む。

様子のおかしくなったあたしに、ケンがキョトンとした顔を浮かべている。

まずい。今正面から顔を見られたら、潤んだ瞳に気付かれてしまう。

泣きそうな理由を追求されたら、なんて答えればいいわけ？

——だって、こんなの告白する前に失恋したようなもんじゃん。

「瑞希……？」

「ごめん。呼び出しといて悪いけど帰る」

ガタンと椅子から立ち上がり、スクールバッグを肩に掛ける。

その際、机の横に引っかけてある紙袋に目が留まって……。

本来なら、チョコを渡す時に勇気を出して告白する予定だったのに、馬鹿みたい。

初めから、ケンにとってあたしは『圏外の女』でしかなかったのに。

そんなの……昔からわかりきっていたこと。

それでも、不器用なりに一生懸命アプローチして、少しでも意識してもらえるよう努力してきたつもりだったのにな。

目の奥がじんわり熱くなって、唇をきつく噛み締める。

どうせ玉砕《ぎょくさい》するなら、長年の想いを込めて作ったチョコだけはせめて受け取ってほしい。

「帰るって、オレまだ来たばっかじゃん――って、え？」

無言のままケンの前に紙袋を突き出して、顔を伏せた状態で胸に押し当てる。

正直、差し出す手が震えて、情けないことに大粒の涙が一滴、床にこぼれ落ちてしまった。

「あげる。――用件はそれだけだから」

鼻をすする音が聞こえないよう、左手で鼻筋を押さえながらぶっきらぼうに告げる。

ケンに無理矢理バレンタインチョコを受け取らせると、その場からくるりときびすを返して廊下に飛び出した。

「おい待てよっ。なんだよこれ……瑞希っ！」

教室の中から私を呼び止めるケンの声が聞こえたけど、一度も振り返ることなく廊下を走り抜けて、階段を駆け下りていく。

馬鹿みたい。馬鹿みたい。馬鹿みたい。

ケンに女として意識してもらえるはずなんかないのに、調子に乗って本命チョコとか作って。もしかしたら……なんて夢見て、頭悪すぎ。

下駄箱の前に着くと、ずるずると床の上にしゃがみ込んで「最悪……」と独り言を洩らした。同時に、せきを切ったように涙が溢れ出て止まらなくなった。

高一のバレンタイン当日。

あたしはなんとも間抜けな失恋を味わう羽目になった。

＊＊＊

初めてケンを意識したのは、小学五年生の時。

もともと運動好きで、父親にくっついて野球観戦に行くぐらい熱中していたあたしは、同世代の男の子達に混ざって少年野球チームに所属して、日々練習に明け暮れていた。

一年生の時から始めて、丸五年。そこらの男子より腕前に自信があったあたしは、ある時期を境に以前よりも大好きな野球を楽しめなくなり始めていた。

主な原因は、高学年に上がった頃から、男子と女子ではっきりした体格差が出てきたことや、ひとりだけ「女」のあたしがチームに混じることでまわりの男子達が遠慮しだしたせい。

「女がいると全力出せない」

「顔や体に怪我させたらとか、体力的に同じ練習メニューをこなさせて問題ないのかとかいろいろと気を使うよな」

「アイツがうまいのはわかってるんだけど……女より下手ってほかのチームの奴らに

舐められるのがちょっとな……」

そんな風に、思春期に差しかかった男子達は女であるあたしの扱いに戸惑い、困惑している様子だった。

正直言えば、悔しかったよ。性別なんて関係なく、本気で取り組んでいるつもりだったから。その気持ちはチームメバーにも伝わっていると思っていたのに、あたしの思い違いでしかなかったことに心が折れそうだった。

まわりに迷惑をかけるなら、このままチームを抜けた方がいいのかな……。

せめてもと、スタメン入りしている試合を出てから辞めた方がいいのか、真剣に悩んでいた頃だった。

「お前ら、自分の実力不足を人のせいにすんなよ！　女だからこそ人一倍努力してるアイツの身になって考えてみろよ。それ全部性別のせいにして否定されたらどう思う？」

練習を終えて、ひとりだけ女子更衣室で着替え終えた後。

いつものように一部の男子達が物陰に隠れてあたしのことをアレコレ言っているのが聞こえてうんざりしていたら、突然ケンが現れて陰口をこぼしていた奴らを説教し始めたんだ。

「アイツ、めっちゃ頑張ってんじゃん。そんだけ野球するのが好きってことだろ？

お前らはどうなんだよっ」

食ってかかる勢いで三人に迫るケン。その迫力はすさまじくて、圧倒された男子達もタジタジな様子だった。

いつもお茶らけていてふざけたノリばかりのケンが、あたしをかばって怒ってくれている。

違う小学校に通うケンは、最近うちのチームに入ったばかりの新顔だけど、生まれ持った才能と努力であっという間にスタメン入りした実力者。

あたしが練習後に自主練してると、帰っても暇だからって付き合ってくれる、優しい奴。

野球に関しては男女関係なく真剣に接してくれるので、今のチームの中で最も信頼を寄せる相手かもしれない。

「瑞希に負けて悔しいなら、その倍負けないよう努力しろ！」

建物の陰に隠れて、息を潜める。嬉しさのあまり涙が溢れて嗚咽しそうになったけど、両手で口元を押さえて必死に声が漏れそうになるのを我慢した。

ケン……。

最近、仲良くなったばかりで、お互いのことを深く知っているわけじゃないのに。

野球をするのが大好きだという気持ちをくみ取って、みんなに怒ってくれた。

その事実がなによりも嬉しくて、それ以上にケンに対してドキドキしていたんだ。

ケンのおかげか、ほかのメンバーも性別を理由に一線引くことなく、また以前のように扱ってくれるようになって、ケンには感謝しっぱなしだった。


それから、小学校までは違う学区内だったケンと、中学で同じクラスになって。

ケンと親しかった佐藤とノッチを加えて、あたし達四人はいつも行動を共にするようになった。

あんまり女の子らしくなくて、女子特有の本音を出せずに気を使い合う関係が苦手だったあたしにとって、思ったことをその場で言い合える三人との関りは気楽で、とても居心地がよかった。

中学に入ってから、あたしは女子ソフトボール部、ケンは野球部に入部して活動する場所はそれぞれ変わってしまったけど、部活帰りにふたりで自主練したり、休日にバッティングセンターに出かけたりして、なんだかんだいつも一緒に過ごしていた。

このままずっとそばにいれば、いつかは女の子として意識してもらえたりするのかな……？

ケンに対する想いが深まるたびに、ありえもしない『もしも』を想像するようになっていたけれど——。

「オレさー、好きな子ができたんだよね」

ケンが好きになる女の子は、いつも決まってあたしとは真逆の『女の子らしい』かわいい子ばかりだった。

小柄で、守ってあげたくなるようなタイプの、素直そうな女の子。

「へぇ～、そうなんだ。頑張って」

好きな人を打ち明けられるたびに、心を痛めながら応援してきた。

ノリが良くて、そこそこ見た目もいいので、中学時代には何人か彼女がいたりしたけど。

いざ付き合っても、野球ひと筋のケンに彼女が不満を募らせて破局というのがお決まりのパターンだったので、長続きした人はいなかった。

こんなに近くにいるのに、どうしてあたしじゃ駄目なのかな。

――なんて、鏡の前に立てば、答えはわかりきっている。

女らしさの欠片もない、まるで男みたいな自分の姿。

男子には告白されないけど、昔から女の子からの人気は高かった。

王子様とかもてはやされて、学芸発表会では男役を任されることがほとんど。

ケン達といても「男好き」と叩かれるどころか、男四人組でつるんでいるような感覚で見られていたから、誰にも文句を言われなかったしね。

なんでこんなに女らしくないんだろう……。

みんなに意識してもらえなくてもいい。

ケンさえ『女の子』として見てくれたら――。

そう願いつつも、友達の関係が崩れるのを恐れて、なにも行動出来ずにいたんだ。

でも。

高校で知り合った女友達――青が一途に片想いしている姿を見て、彼女を応援しながらあたし自身も励まされていて。

一度告白して失恋した相手を真っ直ぐに想い続けた青。

どんなに苦しくても自分の気持ちを偽ることなく貫く姿勢に、あたしも頑張りたいって素直に思えるようになったんだ。

だから、これまで似合わないと決めつけて避けていた女の子っぽい格好をしてみたり、ケンを誘い出して練習外で遊んだり、自分なりに精いっぱい努力してきたつもり。

だけど、つもりはつもりでしかなかったんだよね……。

「……もうやだ」

バレンタインチョコを押し付けて逃げ帰ってきたあたしは、ケンからの電話やメッセージが何件か入っているのを無視して、スマホの電源を落としてからベッドに倒れ込んだ。

ああ、明日から休みでよかった。幸い、部活もないし、思う存分泣ける。

そもそも、青みたくなりたいなんて考えること自体おこがましかったんだ……。

ボーイッシュな見た目のあたしがケンを好きなんて、ケンからしても迷惑な話だよね。

せめて、ケンが今まで好きになった女の子達——特に理想のタイプに近かった青みたくかわいい女の子だったら、少しは意識してもらえたのかな？

ボロボロと涙が溢れ出て、何度目をこすっても止まってくれない。

仰向《あおむ》けに横たわりながら、電気も点けない真っ暗な部屋で、泣き疲れて寝落ちするまで涙を流し続けていた。

＊　＊　＊

土日が明けて迎えた、憂鬱な月曜日。

金曜日の夜、散々泣き明かして、翌日真っ赤に目が腫れ上がったあたしは、二日間共休みの間家にこもってぼんやり過ごしていた。

日課にしている筋トレを二日もサボッたので、その分トレーニングを強化しなくちゃ、なんて失恋したての女子とは思えないことを考えている自分に呆れかえる。

本当は学校に行きたくなかったけど、体調が悪いわけでもないのに休むのは気が引けるし、なによりもケンが気にすると思ったから、おっくうな気持ちを引きずりながら登校した。

ケンに会ったら、この前のあれはなんでもなかったって説明しよう……。

無理矢理押し付けたチョコも、普段お世話になってる義理であげたもので『中身』はなんの関係もないって、ちゃんと言おう。

ふぅ、と朝から重たい息を吐き出して下駄箱の蓋を開けていると。

「おはよう、瑞希ちゃん」

「おはよう青──と、彼氏さん」

横から声をかけられて顔を上げたら、青と青の彼氏の間宮くんが恋人繋ぎしていることに気付いて、朝から熱いなと口元が緩みそうになってしまった。

あたしに挨拶された間宮くんは、ぺこりと小さく会釈をして、自分のクラスの下駄箱に向かう。でも、靴を履き替えるなり、すぐまた青のところに戻って彼女の頭頂部に顎先をのっけながら「眠ぃ」と欠伸をして、青に「はいはい」と苦笑交じりに返事されていた。

間宮くんはよほど青を構いたいのか、彼女の髪の毛をいじったり、ぎゅっと抱き着いたりとやりたい放題。それに対する青は——あれ？

普段なら人前でベタベタしないでって恥ずかしがる青が、人目を気にせず堂々とイチャイチャしている。

ていうより、以前よりも密着度が増してるというか、ラブラブ度が上がってる？

……そういえば、先週の金曜、彼氏の家に泊まることになったって言ってたっけ？

ということは、つまり——。

ムクムクとピンクの妄想が膨らんで赤面する。

馬鹿。あたしったら、友達のことでなに想像してんの。

でも、実際に目の前にいるふたりからは幸せなオーラが溢れ出ていて、単純に羨ましいなと感じてしまう。

いろんなことを乗り越えて結ばれたふたりだけに、「良かったね」と心の中で祝福していたら。

「瑞希」

今度は後ろから名前を呼ばれて、ビクリと肩が跳ね上がった。

この声は……嫌な予感に顔を強張らせつつも、おそるおそる振り返ると、そこにはあたしと同じぐらい緊張した様子のケンが立っていて。

「お前、なんで連絡つかねぇんだよ。金曜からずっと連絡してんのに、ひと言ぐらい返事しろよ」

早口でまくし立てられて、キョトンと目を丸くする。

だって、真っ先に指摘してくるのがそこって。

あたしからのチョコを受け取ったなら、『アレ』に気付いたはずでしょう？

なのに、それをスルーするってことは、やっぱりなかったことにしたいってことじゃん。

「――ああ、ごめんごめん。充電切れてたの忘れてて、放置してたわ」

泣きたい気持ちをぐっとこらえて、無理矢理笑顔を浮かべる。

唇の端がひくひくして、バレバレのつくり笑顔。

それでも、いつもと変わらない態度を装ってとぼけてみせた。

「瑞希んちに行ったけど、誰にも会いたくないみたいなのっておばさんに謝られて引き返したし……どうしたんだよ急に？」

「だから、ちょっと体調悪くて寝込んでただけだってば」

「そうじゃなくて、オレになにか話したいことがあって教室に呼び出したんだろ？その後に様子がおかしくなったんだから、オレに原因があったって思うだろ普通」

なのに、なんで話を掘り下げようとするの？

このままスルーして、なかったことにしてほしいのに。

……ううん。嘘。本当は、なかったことにしてほしくない。

だけど、今ケンのそばにいるのはつらいから、どうにかして距離を置くしかないんだ。

「ほんとになんでもないから」

ケンから目を逸らして、くるりと背を向ける。

そのまま、この場から逃げようとしたら、後ろからグイッと腕を掴まれて、強引に前に向き直させられた。

「ちょっと、離してってば……って、ケン⁉」

無理矢理引きずるような形で校舎の外に連れ出され、ズカズカと部室棟《とう》まで歩いていく。

登校してくる生徒達とすれ違いながら、なにがなんだかわからない状態で野球部の部室にたどり着くと、ケンが乱暴《らんぼう》にドアを開けてあたしを中に押し込んだ。

——バタンッ、と大きな音を立ててドアが閉まり、ふたりきりの密室に閉じ込められる。

壁一面に設置された部員用のロッカーと、休憩用の青いベンチ、埃と汗が混じったようなにおい。部室の前に桜の木々が植えられているからか、室内は日影になっていて薄暗く、緊迫《きんぱく》したムードと相まって妙な雰囲気が流れだす。

ケンは肩に提げていたスポーツバッグをドサリと床に置くと、じりじりと距離を詰めてきた。

「なんでこんな……」

「こうでもしないと、またお前、はぐらかして逃げるだろ」

あたしの肩を掴んでベンチに座らせると、ケンは目の前にしゃがみ込んで、訝《いぶか》しんだように眉根を寄せながら人の顔を覗き込んできた。

「……だから、なんでもないんだってば」

さっきと同じセリフを口にして、自嘲《じちょう》気味に苦笑したら。

「なんでもない奴が、なんでそんな泣きそうな顔してんだよ？」

射るような瞳に真っ直ぐ見つめられて、鋭い指摘にドクリと胸が騒いだ。

どうして肝心なことは鈍いくせに、放っておいてほしいことに関してだけは人一倍鋭いんだろう？

本当嫌になるな、と呆れた表情を浮かべた直後、一生懸命こらえていた涙が溢れ出て、両目からポロポロとこぼれ落ちていった。

なんで。なんで。なんで。

もう直接言うつもりなんかないのに。

金曜の放課後、バレンタインの日にポッキリ心が折れて、失恋した直後なのに。

なんでコイツは人の傷口をえぐるようなことばかりしてくるの？

あたしのことなんか好きでもなんでもないのに、期待させるようなことしないでよ。

……って、勝手に期待して落ち込んでたのは、全部自分のせいだけれど。

「お前が泣くってよっぽどなことだろ？　……頼むから、言えよ」

ケンが心配そうな顔して見つめてくるから、更に目頭が熱くなって、涙が止まらなくなってしまう。

「瑞希が悲しそうにしてると放っておけねぇんだよ、オレは」

その言葉に特別な意味なんか含まれてないのに、やめてよ。

変に期待をもたせるようなことしないで。

男友達と変わらないって言ったのはそっちでしょ？

なら、こんな時だけ女の子扱いしないでよ。

「正直に答えてくれよ……瑞希が悩んでるのは、オレのせいなんだろ？」

心配しないで。放っておいて。——なんて強がり、全部嘘。

本当は少しでも気にかけてもらえて嬉しい。放っておかれなくてほっとしている。

でも、素直になれないあたしは唇を引き結んだまま正直に答えられなくて。

その時、ふと脳裏に浮かんだのは、さっき見かけた青と間宮くんの幸せそうな姿。

あのふたりだっていろんな壁を乗り越えて、たくさん傷付きながら今の幸せを手に入れたんだと思ったら、なにも努力せずにふて腐れているだけの自分が情けなく思えて心が痛んだ。

だって、まだ自分の口からちゃんと伝えてない。

告白する前に玉砕の気配を察知して逃げているだけじゃないか。

確かに、フラれるのは怖い――けど。

それでも、このまま消化不良で終わらせるより、真っ向から当たって砕けた方が、のちのち満足いく結果になるんじゃないの？

どれだけ逃げていたって苦しいだけなら、いっそ腹を決めてぶつかってしまえばいい。

その先のことばかり考えていたら、いつまでも二の足を踏んで前に進めないから。

だからね。

ありったけの勇気を出して、深呼吸。

潤んだ目をケンに向けて、若干睨み付けるようにしながら「そうだよ」って返事した。

「ケンのことでずっと悩んでるよ……」

あたしの言葉に、ケンがゴクリと唾を呑んで、わずかに目を見張る。

なんて言われるのか緊張気味に構えている姿を目にしたら、なんだか一方的に避けていたのが申し訳なく思えてきて、眉を垂れ下げて苦笑してしまった。

「金曜の放課後、あたしが逃げ帰ったのは──」

「ストップ！」

人が覚悟を決めて長年抱き続けてきた想いを打ち明けようとしたら、ケンの大きな手のひらに口を塞がれて大きく目を見開く。

「……もしかしたらだけど、もしかしなくても、これってマジな話だった？」

そう言って、ケンがベンチの足元に置いていたスポーツバッグから『ある物』を取り出して、しゃがんだ姿勢からこっちをじっと見上げてくる。

ケンがあたしに見せてきたある物の正体……それは、手作りチョコを入れた箱の中に忍ばせた一通のミニレター。

空色の封筒を開けると、一枚の便箋《びんせん》が入っている。

ケンは便箋を取り出すと、文章が書かれた方をあたしに向けて「もし、そうだったら、ちゃんと答えたいんだけど……」と若干頬を赤らめ、もう片方の手で首の裏を押さえた。


【本命です。】

便箋の真ん中にひと言だけ綴った、精いっぱいの気持ち。

バレンタインを理由に、好きって単語を使わずに告白したメモ。

「これだけじゃ冗談で言ってんのか、本気なのか区別つかねぇし。……だから、瑞希の口から直接聞かせてくれよ」

この男は鬼《おに》か悪魔か。その気のない女にわざわざ告白させて、期待させるだけあおった上に振ろうというのか、信じられない。

……でも、軽い気持ちで促しているわけじゃないことぐらい、真面目な顔を見ていたらわかるよ。

だからね。もっかい、さっき中断された告白の仕切りなおし。

今度こそ伝わるように、これ以上ないぐらい真っ赤になっているだろう顔で、ありったけの想いをぶつけた。

「好きだよ」

震える息を吐いて、吸って。

「……冗談抜きで、ずっと好きだったよ」

驚きに目を見開くケンの顔も、あたしと同じぐらい赤く染まるのを目にしながら。

「だから、ケンに圏外発言されて悲しかったんだよ……」

鼻をすすって、手の甲で涙を拭う。

ああ、やっと言えた。

ずっと胸に秘めていた気持ち。

くすぶり続けていた感情。

瞬間、肩の力が抜けて、早鐘のように鼓動は波打ったままなのに、体の内側からみなぎるような達成感が湧いてきたような気がした。

「でも、ケンの返事はわかりきってるから、出来れば傷口をえぐるような返事の仕方は勘弁してほしい——って、ケン……？」

スッキリしたのと同時に、なるべく穏便《おんびん》に振ってほしいとお願いしようとしたら、耳のつけ根までゆでダコみたいに真っ赤になったケンが、片手で口元を覆い隠しながら目を泳がせていて、あれ？と首を傾げてしまった。

「ちょっと、どうしたのよ？　なにあたし相手にそこまで赤面して……」

初めて告白されたわけでもあるまいに、ひどい取り乱しよう。

どれだけ焦っているのか、額に汗まで浮かんでいるし。

よほど緊張してない限り、暖房もついてない部屋で汗をかくことなんて……とケンの様子をどこか冷静に観察しながら、はたとありえもしないことを頭に思い浮かべてしまい、まさかと目を見張る。

女として見てない存在に、赤面する理由は——？

頭上に浮かんだクエスチョンマーク。もしも、今の告白で彼の心境に変化が生まれたならば、ここから先の未来は少しでもいい方に変化していくのかな？

「……ちょ、嘘だろ。マジかよ」

ミニレターを持っている方の手でブレザー越しに左胸を押さえ当てて、ケンが赤面しながら呟く。まるでこっちにまで心音が伝わりそうなぐらい、ケンがドキドキしている様子が見て取れて、思わず涙が引っ込んでいく。

信じられない思いで瞬きを繰り返すあたしに、ケンも予想外の顔を浮かべて、驚きの言葉を口にした。

「今、ガチでキュンときた」

チラリと私を見上げた瞳の奥に宿る、先ほどとは明らかに違う熱っぽい眼差し。

お互いにまさかの事態に動揺しながら、ふたりしてあわあわしだす。

「しょ、正気？」

「お、おう。オレはいつだって正気だぜ」

「でも、今キュンときたって……」

「………」

「もう一度聞くけど、正気？」

あたしもケンの目線に合わせるように床にしゃがみ込んで、確認の意味を込めて念押しする。

するとケンは右に左に視線をさまよわせてから、あたしの目を見て「やばい」と赤面して、続けてこう言ったんだ。

「……なんか急に瑞希がかわいく見えてきた」

「⁉」


いきなり付き合えるわけじゃないかもしれないけれど。

きっと告白しなかったら、こんな風に好きな人の心を動かせることは起きなくて、なにも進展しないまま終わっていたのかもしれない。

好きって伝えるのは怖いよ？

だけど、正直な気持ちを伝えたら、それはいろんな意味で自分を成長させてくれるから。

ここから先は、自分の頑張り次第。

ケンに「異性」として意識してもらえたスタート地点にようやく立てたから、今度は「彼女」にしたいって思ってもらえるよう、精いっぱい努力したいと思った。

END

野いちご文庫限定

書き下ろし番外編 3

「失恋して後悔しているあなたへ」

三月初旬。

今日は、3年の先輩たちを見送る、高校の卒業式。

午前の間に式が終わると、お世話になった下級生たちは校門前に移動し、先輩方に色紙や花束を渡したり、記念写真を撮ったりしてわいわいと盛り上がっていた。

私も、学校祭の時、お世話になった先輩方にお礼の気持ちを伝えたくて、ケンちゃんと花束を持って向かい、「おめでとうございます」と祝福の言葉を贈る。学祭実行委員長を務めていた男の先輩は、花束を受け取ると、照れ臭そうにお礼してくれた。

「オレ、このあと野球部の先輩達んとこに挨拶しにいくから。またな！」

「うん。また新学期に会おうね」

ケンちゃんと笑顔で挨拶を交わし、そっと人の輪から離れて、桜の木の幹に背中をもたせかける。

「えっと、どこにいるのかな……？」

桜が咲き乱れる中、私の視線は「ある人物」を探して、きょろきょろとさまよう。そして、いつものように大勢の中から彼の姿を見つけて、口元が綻んだ。

正門の前にズラリと並び、顧問と一緒に記念写真を撮影している男子バスケ部のメンバー達。三年生は先頭にしゃがみ込み、二年生はその後ろに中腰で立ち、京平を含めた一年生は三列目に立って並んでいる。京平は楽しそうにピースサインをつくって、カメラに向けて笑っていた。

　途中入部だったけど、実力を見込んで何度も熱心にスカウトしてくれた部長のおかげで、チームメイトともすぐなじめたって感謝してたし、なによりもやりがいがあって楽しいって言ってたもんね。

　京平が楽しそうにしてると、つられて私も嬉しくなる。

　微笑ましい気持ちで見ていると、ひととおり挨拶を終えたらしき京平が輪から抜け出て、さっきの私と同じようにきょろきょろと辺りを見回し始めた。それからすぐ、私の姿を見つけるなり、優しく目を細めて、こっちに歩いてきた。

「遅くなって悪ぃ」

「ううん。そんな待ってないよ」

　桜の木の前で向かい合うようにして立つ私達。お互いに用事が済んだことを確認し合うと、京平が「帰るか」と言って、すっと大きな手のひらを差し出してきた。

「うん」

　満面の笑顔でうなずき、その手を握り返す。

　全校生徒が集まる、人混みの中。付き合い始めの頃は人目を気にして、こんな風に堂々と手を繋いで歩けなかったけど、今ではすっかり慣れてなんとも思わなくなった。

　それよりも、好きな人の隣にいられることが嬉しくて。

こうして自然に手を繋げるようになったのも、一年前の今頃を思えば夢のようで、日々、幸せを噛み締めていた。


「なんか、先輩たちの姿を見てたら、中学の卒業式のこと思い出しちゃった」

「あー、なんかわかる気もするわ。ちょっと感傷的な気分になるっつーか」

「そうそう。しんみりしちゃうけど、みんなと盛り上がるのは楽しかったよね」

雑談しながら歩いているうちに、あっという間に駅に到着。改札口を抜けて、一番線ホームに向かうと、ちょうどよく帰りの電車がやってきた。

「今日は空いてんな」

「まだお昼頃だしね。適当な場所に座ろうか」

普段よりも空いている車内を見回し、空いている席に並んで腰を下ろす。

窓の外は青空が広がり、温かい日が差し気持ちいい天気。

はじめは他愛のない会話で盛り上がっていたものの、ポカポカした陽気のせいか、次第に瞼がトロンとしてきて、小さな欠伸が漏れた。

「眠たいなら、肩に寄りかかっていいからな」

「ううん。大丈……夫……」

もっと京平と話していたいし。……そう思う意思とは裏腹に、うつらうつらして、ゆっくり目を閉じてしまう。

昨日、毎週楽しみにしてる深夜ドラマを見て、夜遅くまで起きてたせいかな？

心地いい電車の揺れと、日だまりに包まれた空間が居心地よくて、いつのまにか眠りの底に落ちていた。

＊＊＊

――ぼんやりした視界に広がるのは、なぜだか、去年まで通っていた中学校。教室らしき場所にいる、ふたりの男女を真上から観察しているような、不思議な光景。

あれは……もしかして、中三の時の私と京平？

見覚えのあるセーラー服に学ラン姿の私達が、緊張した様子で向かい合っている。

中学生の私は、バレンタイン用にラッピングした箱を手に持っていて、今からそれを京平に渡そうとしているところだった。

『私、中一の時から間宮のこと……ずっと好きだったんだ』

顔を真っ赤に染めて、震える手でチョコを差し出す。すると、さっきまで普通に話していた京平の顔がみるみるうちに強張り、つらそうな顔に変化した。

『ごめん』

三文字の言葉に、思考停止してズキリと胸が痛む。

『水野とは付き合えない——』

そう告げられて、ショックを受ける自分の姿に、その先の未来を知っていても切ない気持ちになってしまった。

だって、「好きです」ってひと言を伝えるのに、どれほどの勇気を必要とするか、私は知っているから。

ありえないぐらい心臓の音が大きくなって、期待と不安がせめぎ合う、緊張のひと時を知っているから。

『今の、なかったことにして。だから、今までどおり普通に友達でいよう』

つらい気持ち隠すために、無理矢理笑って平気なフリをしたのは、好きな人と気まずくなりたくなかったから……。

彼女になれるって期待していたわけじゃない。でも、そうなれたらいいなって思ってた。

まわりに「両想いだよ」って言われて、自惚れていたのは事実。

期待してないと言いつつ、心のどこかでもしかしたらと思っていただけに、ショックも大きくて頭の中が真っ白に染まっていくようだった。

さっきまで高ぶっていた感情がスーッと引いて、心がズキズキと痛み始める。

泣いちゃ駄目。

必死にそう言い聞かせて。

『――ん。ダチな』

どこか寂しそうに、片眉を下げて笑う京平の表情は、何かを堪えるようなつらそうなものだった。

あの時、友達としてそばにいることを選んだのは、告白をきっかけに京平と話せなくなる方がつらかったからだ。

だからこそ、とっさに自分の気持ちに嘘をついた。

優しい京平は、私が好意を抱いていると知った上で「友達」としてそばにいることを受け入れてくれたのに……。


場面がパッと切り替わり、まるで映画のスクリーンを見ているみたいに、告白した翌日以降の様子が目の前で繰り広げられる。

失恋した気まずさから、無意識のうちに京平を避けようとする私と、以前のように気軽に話しかけたり触れようとしてこない京平。どちらも、気まずさが態度に表われていて、ぎくしゃくしている。

この頃、告白したことをすごく後悔してたっけ……。

「気持ちを伝えなければ、今でも仲良く話せていたのに」って。

京平との間に生まれた微妙な距離感が苦しくて、前みたいに気軽に話せなくなったことがなによりもつらかった。

まわりに「両想い」だってひやかされて、カップルみたいな扱いをされていた分、フラれたことを誰にも話せなくて悩んでいたな。

今思えば、親友のマミに打ち明けていればよかったのに。人に話すことで失恋の事実を認めることが怖かった。


複雑な思いを抱えたまま迎えた、高校の入学式。

今度は、初対面の私とマリカが恋愛トークを繰り広げて盛り上がっている場面が映し出された。

『好きな人と同じ学校に通えて、マリカ、今すごく幸せなんだ』

幸せそうに微笑むマリカを見て、素直に羨ましいなって思った。

こんなにかわいい子に好かれてるなんて、相手も幸せ者だなぁ。とてもじゃないけど、片想いなんて信じられない。——そう思っていた時だった。

『マリカ』

マリカを教室まで迎えにきた人物を目にした瞬間、あまりの衝撃に呆然としてしまった。

……なぜなら、つい先ほどまで話していた「マリカの好きな人」が京平だったから。

彼に失恋した私は、もう決して好きなんて思っちゃいけないと思い込んでいただけに、京平に恋するマリカの姿を複雑な思いで見つめていた。

ううん。マリカだけじゃなく、入学式から注目を浴びていた京平は、大勢の女子からモテていて、毎日ひやひやしていた。

『あの人、カッコいいよね。間宮くん、結構気になってるんだけど』

『長身イケメンとか、マジやばすぎ。彼女いないらしいし、連絡先聞いてみよっかな～』

そんな会話が聞こえる度に、胸がちくりと痛んで、彼女達を羨ましく感じていた。

あの子達は、堂々と片想いできるんだって。これから先、京平の彼女になれる可能性があるんだって考えただけで嫉妬してしまいそうになる自分がいた。

告白して返事をもらっている以上、前みたく好きな人の話題を振られても無邪気《むじゃき》に答えられない。「誰が好き？」って質問に、喉まで出かかった名前を呑み込み、手のひらをぎゅっと握り締める。

もう好きなんて思っちゃいけない。特別な目で見ちゃいけないんだ……。

未練を引きずってるなんて、誰にも言えるわけなかった。

——それなのに。

真っ暗な夜空に打ち上がる、大きな花火。

——ドォ……ン！

神社のお祭りで、花火大会を鑑賞していたら、すぐ近くに見慣れたひと組の男女の姿を見つけて、息が止まりそうになった。

可憐な浴衣姿のマリカと京平。ふたりの手はしっかり繋がれていて、その光景を目にした瞬間、大粒の涙がこぼれ落ちていた。

どれだけ焦がれても、決して並ぶことが出来ない〝隣〟。

誰よりも大好きな人の、〝隣〟。

私が欲しかった居場所に収まっているマリカの姿を目の当たりにして、いやというほど思い知らされた。

もうとっくに諦めたと思い込んでいた京平に対する想いが、これっぽっちもなくなっていないことを。

バレンタインに失恋したあの時、友達でいることを望んだのは自分自身なのに、諦めることも出来ず、もがき苦しんでいた。

時間が忘れさせてくれる。

いつかまたほかの人に恋をして、思い出になる時がくる。

失恋なんてそんなものなんだろうけど、でも。

つらすぎる今は、どうすればいいの？

自分の本当の気持ちを認め始めた時思い知ったのは、フラれてからずっと脈のない片想いを続けていたという切ない事実だけだった。

諦めなくちゃ。そう言い聞かせれば言い聞かせるほど、自分の気持ちに嘘をついて、どんどん苦しくなるばかり。

こんな思いするぐらいなら、告白なんてしなければよかったと何度後悔しただろう。

廊下ですれ違う度、ふとした瞬間に目が合う度、何気ない会話で盛り上がって笑顔になる彼を見かける度、今でも変わらず好きだと感じてしまうから。

——でもね、本音から目を逸らし続けていたら、いつかは限界がくるから。

たとえ、返事をもらっていたとしても、自分自身の気持ちを肯定して受け入れてあげることぐらいは、自分が許してあげようよ？

諦められないからって相手のことを考えずに気持ちを押し付けるって意味じゃなくて。

君が好き。

正直な気持ちを認めるだけで、心はずっと楽になるから。

そうすれば、自分自身の気持ちを否定し続けていたから苦しくなっていたことに気付くはず。そうして私は、まわりの人達が親身になってくれたおかげで、心境に変化が生まれ始めていた。

『無理に話せとは言わないけど、つらくなったら頼っていいから。あんまり我慢しすぎないでね』

元気のない私を心配くれた瑞希ちゃん。

『だってこうでもしなきゃ、青はまたひとりでため込んで泣くじゃん?』

本音を抑え込み続けて苦しくなっていた私を抱き寄せて、泣く場所を与えようとしてくれたケンちゃん。

『アタシは口が悪いから平気で文句言えるけど、青はそうじゃないから。だからその分、青が怒れない時はアタシが怒るし、つらい時はいつだって支えになるから。相手の負担になるなんて思わないで、頼っていいんだよ?』

なんでも我慢しがちな私の性格を見抜いて、頼る場所を与えてくれたマミ。

みんなのおかげで自分に正直になれたんだ。

最後に切り替わった映像は、中学校の体育館で久しぶりに集まったバスケ部のみんなと試合をしている場面だった。

キュッと床の上にバッシュの擦れる音と、軽快なドリブル音。初めは遊び半分で始めたはずの試合にどんどん熱中していく。

『青っ、パス！』

味方からパスされたボールを受け取り、両手で抱えたまま上半身を左右にねじる。近くにほかの味方がいないか捜していると。

『隙ありすぎ』

いつの間にか私をマークしていた京平にボールを奪われ、昔のようにニヒルな笑みを浮かべて、

『お前、腕鈍ったんじゃね？』

と、挑発しながら見下ろされた。

その発言にカチンときつつも、内心では中学時代に戻れたみたいでものすごく嬉しかった。

単純かもしれないけど気持ちが舞い上がりそうになる自分がいた。ただただ純粋に、好きだと思った。

この人が――、間宮京平のことが私は大好きなんだって、ようやく素直な気持ちを

認めることが出来たんだ。
瞬間、目の前を覆っていた靄《もや》が晴れて、キラキラと輝き始めた。
諦めようと必死にあがいて、それでも消えなかった想いがある。
だから、もう本音を抑え込むのはやめよう？
自分の気持ちに嘘をついて、ごまかすこと。
正直に伝えるのは怖いけど、逃げていちゃなにも始まらないから。
私が『私』のことを応援してあげなくちゃ、大きな一歩は踏み出せない。
誰かに背中を押してもらうだけじゃなく、自分から前に進む勇気が欲しい。
ほんの少しの勇気。
ありのままでぶつかって。
たとえ結果的に傷付いたとしても、そっちの方がずっといい。
だから、覚悟を決めて、勇気を出すの。
『やっぱり私、間宮が好きだよ』
今度はノーカウントにしない。
告白をなかったことにしたくないから。
『これ以上、自分の気持ちに嘘つきたくなかったから……それだけ伝えたかった』
精いっぱいの笑顔で二回目の告白をする私を見て、京平は小さく目を見開いた後、

「わかった」ってうなずいてくれたんだ。

感情が高ぶって、気を緩めたら涙がこぼれ落ちてしまいそう。

でも、同じくらい爽快感も広がっていて、不思議と気分は満たされていた。

……やっと素直になれた。

私が『私』の想いを受け入れて、前に一歩進めた瞬間だったから。


あの時を振り返って、今思うことがある。

それはね……。

＊　＊　＊

「──お、……青」

「ん……」

隣から誰かに肩を揺すぶられている感覚がして、うっすらと目を開ける。

初めはぼんやりしていた視界がクリアになると、私の横に座っていた京平が、下から顔を覗き込むようにしてこっちをじっと見つめていた。

「もうすぐ駅着くぞ」

「駅って……？」

ふわぁと小さな欠伸が漏れて、パチパチと瞬きを繰り返す。

まわりをよく見ると、ここは毎日乗ってる通学電車の中だと気付き、いつの間にやら帰りの車内で居眠りしていたことを思い出した。

「あ、そうだ私……気付いたらウトウトしちゃって、寝ちゃってたんだ」

「大口開けて、いびきかきながら寝てたぞ」

「嘘っ⁉」

ぎょっとして、京平の腕を掴むと。

「ふはっ」

京平はこらえきれないといった様子で噴き出し、きょとんとする私を見て「嘘に決まってんだろーが」と意地悪っぽいニヒルな笑みを浮かべてきた。

からかわれていたことに気付いて「もうっ」と京平の胸元をぽかりと叩く。すると。

「……すげぇかわいい顔して寝てたよ」

京平が私の耳元に手を添えて、ボソリと囁いてきた。

「いっ……いきなりなに言って……」

不意打ちの甘い言葉に、私の顔はみるみるうちに火照りだしてしまう。

おそらく真っ赤になっているだろう照れる私を見て、京平は満足そうに目を細めて笑っている。いとおしそうな眼差しに、ますます頬に熱が集まるのを感じてドキドキした。

「も、もう。すぐ人のことからかうんだから……」

「仕方ねぇじゃん。お前の反応が、いちいちかわいいんだから」

「！」

「ほらまた赤くなった」

何故か得意気にニンマリ笑って、両手で頬を押さえる私の手首を掴んで、京平が顔からそっと引き離す。

至近距離で視線が絡み合って、胸の高鳴りがますます大きくなった時。

「着いたぞ」

ちょうどいいところで電車が地元の駅に到着して、プシューッと扉が開き、京平が私の手を引いてすっと立ち上がった。そのまま、指先同士を絡めた恋人繋ぎの状態で電車を降りて、笑顔のまま歩きだす。

桜が咲き乱れる、暖かな春の日差しの中。こうして過ごせる、幸せなひと時を噛み締めながら、一年前の自分を振り返って、あの頃、告白したことを後悔していた自分に問いかける。

一度、失恋した相手を想い続けることは「アリ」ですか？

その質問に対する私の答えは、もちろん——。

END

あとがき

はじめましての皆様、そして、これまでにもサイトや書籍で著書を読んで下さったことのある皆様、こんにちは。この度は、「あの日から、今もずっと好きです。」をお手に取って下さり、誠にありがとうございます。

まずはじめに、この本の制作に携わって下さった担当編集者の飯野様、佐々木様、前担当の吉満様、イラストを担当して下さった比乃キオ様、デザイナーの齋藤様、スターツ出版の皆様、関係各位の方々に深くお礼申し上げます。

もともとこのお話は、『2014　野いちごGP』でブルーレーベル賞を頂いた作品で、「あと-1℃のブルー」という原題でサイト上に上げていたのですが、ブルーレーベルとして出版する時に「涙想い」に改題し、更に野いちご文庫向けに改題して「あの日から、今もずっと好きです。」に生まれ変わりました。目次をご覧頂くと、三つのタイトルが並んでいるので、その部分も是非チェックしてみて下さいませ。

今回、野いちご文庫用に新たに番外編を三つ書き下ろしました。ブルーレーベル版に収録された番外編と合わせると、書き下ろしだけで百二十ページ近く。本編の半分近くの量に編集作業しながら驚きました。その分、本編で書ききれなかったその後の青達をたっぷり描き切ることが出来て満足しています。

　とくに、本題にもなった「あの日から、今もずっと好きです。」の番外編は、ブルーレーベル発売時に収録しようか迷って一度見送ったお話なので、こうして再び書く機会を頂けて感謝しています。これもすべて、サイトや書籍で「涙想い」を応援して下さった方々のおかげです。

　それから、とっても可愛くてキュートな登場人物たちを描いて下さった比乃キオ先生にも最大限の感謝を。毎回、ラフや完成図が届く度に、あまりの素敵さに「可愛いすぎる！」と身悶えしまくっていました。比乃キオ先生の作品は、デビュー作から最新作までフルコンプして読んでいたので、今作のイラストを担当していただけると聞いた時は、嬉しさのあまり「夢じゃないかな？」と頬をつねったほどです。

　最後に、このお話で伝えたかったことは、すべて本文の中に詰め込んだので、読んで下さった方の心の中に何かしらひとつでも残るものがあれば幸いです。ここまで目を通して下さった読者の皆さん一人一人へ、本当にありがとうございました……！

二〇一八年三月二十五日　善生茉由佳

この物語はフィクションです。実在の人物、団体等とは一切関係がありません。

物語の中に、法律に反する事柄の記載がありますが、このような行為を行ってはいけません。

善生茉由佳先生への
ファンレター宛先
〒104-0031 東京都中央区京橋1-3-1 八重洲口大栄ビル7F
スターツ出版(株) 書籍編集部気付 善生茉由佳先生

あの日から、今もずっと好きです。

2018年3月25日 初版第1刷発行

著 者 善生茉由佳 ©Mayuka Zensho 2018

発行人 松島滋

イラスト 比乃キオ

デザイン 齋藤知恵子

DTP 朝日メディアインターナショナル株式会社

編集 飯野理美
佐々木かづ

発行所 スターツ出版株式会社
〒104-0031
東京都中央区京橋1-3-1 八重洲口大栄ビル7F
TEL 販売部03-6202-0386 (ご注文等に関するお問い合わせ)
http://starts-pub.jp/

印刷所 共同印刷株式会社
Printed in Japan

ISBN 978-4-8137-0429-4 C0193

恋するキミのそばに。

野いちご文庫

可愛いカラーマンガつき！

365日、君をずっと想うから。

SELEN《セレン》・著

本体：590円＋税

彼が未来から来た切ない
理由って…？
蓮の秘密と一途な想いに、
泣きキュンが止まらない！

イラスト：雨宮うり

ISBN：978-4-8137-0229-0

高2の花は見知らぬチャラいイケメン・蓮に弱みを握られ、言いなりになることを約束されられてしまう。さらに、「俺、未来から来たんだよ」と信じられないことを告げられて!? 意地悪だけど優しい蓮に惹かれていく花。しかし、蓮の命令には悲しい秘密があった――。蓮がタイムリープした理由とは？ ラストは号泣のうるきゅんラブ!!

感動の声が、たくさん届いています！

こんなに泣いた小説は
初めてでした…
たくさんの小説を
読んできましたが
1番心から感動しました
／三日月恵さん

こちらの作品一日で
読破してしまいました（笑）
ラストは号泣しながら読んで
ました。°(´つω・`。)°
切ない……
／田山麻雪深さん

1回読んだら
止まらなくなって
こんな時間に!!
もう涙と鼻水が止まらなく
息ができない(涙)
／サーチャンさん

恋するキミのそばに。

野いちご文庫

大賞受賞作！

「全力片想い」

田《た》崎《さき》くるみ・著

本体：560円＋税

好きな人には
好きな人がいた
……切ない気持ちに
共感の声続出！

「三月のパンタシア×
野いちごノベライズコンテスト」
大賞作品！

高校生の萌は片想い中の幸から、親友の光莉が好きだと相談される。幸が落ち込んでいた時、タオルをくれたのがきっかけだったが、実はそれは萌の仕業だった。言い出せないまま幸と光が近付いていくのを見守るだけの日々。そんな様子を光莉の幼なじみの笹沼に見抜かれるが、彼も萌と同じ状況だと知って…。

イラスト：loundraw　ISBN：978-4-8137-0228-3

感動の声が、たくさん届いています！

こきゅんきゅんしたり
泣いたり、
すごくよかたったです！
／ウヒョンらぶ さん

一途な主人公が
かわいくも切なく、
ぐっと引き込まれました。
／まは。さん

読み終わったあとの
余韻が心地よかったです。
／みゃの さん

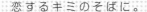

恋するキミのそばに。

野いちご文庫

手紙の秘密に泣きキュン

だから俺と、付き合ってください。

晴虹《はるな》・著

本体：590円＋税

「好き」っていう、
まっすぐな気持ち。
私、キミの恋心に
憧れてる——。

イラスト：埜生

ISBN：978-4-8137-0244-3

綾乃はサッカー部で学校の有名人・修二先輩と付き合っているけど、そっけなくされて、つらい日々が続いていた。ある日、モテるけど、人懐っこくてどこか憎めない清瀬が書いたラブレターを拾ってしまう。それをきっかけに、恋愛相談しあうようになる。清瀬のまっすぐな想いに、気持ちを揺さぶられる綾乃。好きな人がいる清瀬が気になりはじめるけど——？　ラスト、手紙の秘密に泣きキュン!!

感動の声が、たくさん届いています！

私もこんな
恋したい!!って
思いました。
／アップルビーンズさん

めっちゃ、
清瀬くんイケメン…
爽やか太陽やばいっ!!
／ゆうひ！さん

私もあのラブレター
貰いたい…なんて
思っちゃいました
(>_<)♥
／YooNaさん

後半あたりから涙が
ポロポロと…
感動しました！
／波音LOVEさん

恋するキミのそばに。

野いちご文庫

それぞれの片想いに涙!!

早く俺を、好きになれ。

「ずっと、お前しか見てねーよ」
照れくさそうに笑うキミに、
私はいつからドキドキしてたのかな…？

miNato《ミナト》・著

本体：600円＋税

イラスト：池田春香

ISBN：978-4-8137-0308-2

高２の咲彩は同じクラスの武富君が好き。彼女がいると知りながらも諦めることができず、切ない片想いをしていた咲彩だけど、ある日、隣の席の虎ちゃんから告白をされて驚く。バスケ部エースの虎ちゃんは、見た目はチャラいけど意外とマジメ。昔から仲のいい友達で、お互いに意識なんてしてないと思っていたから、戸惑いを隠せず、ぎくしゃくするようになってしまって…。

感動の声が、たくさん届いています！

虎ちゃんの何気ない優しさとか、恋心にキュン♡ッッとしました。
(*プチケーキ*さん)

切ないけれど、それ以上に可愛くて爽やかなお話し
(かなさん)

一途男子ってすごい大好きです!!
(青竜さん)

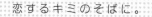